D1422425

Vertigo

Marjan
Berk
Vertigo

roman

Uitgeverij Atlas
Amsterdam/Antwerpen

Met dank aan Stichting Fonds voor de Letteren

Met dank aan László Z. Tóth voor de Hongaarse teksten,
Gert Reitsma en Eddy Posthuma de Boer voor hun
waardevolle medische informatie, en Hans Naderman,
de sommenexpert.

Omslagontwerp: Roald Triebels
Omslagillustratie: Zeeuws knoopje,
foto © Silvia Wennekes
Foto auteur: Vincent Mentzel/Hollandse Hoogte

ISBN 978 90 450 0002 2
D/2007/0108/614
NUR 301

www.uitgeverijatlas.nl

Voor Betsy

Het is nooit te laat te worden
wat we hadden willen zijn.

I

'Is that all there is…' zong Betsy Damiaan zachtjes terwijl ze – ogen dicht – op haar rug in de op dit moment rimpelloze Atlantische Oceaan dreef. Gewichtloos was ze, kalmpjes haar benen op en neer bewegend om niet te zinken. Af en toe opende ze haar ogen en controleerde of ze niet te veel afdreef; het was eb en de wind was aflandig.

Haar voeten verkleumden. Ze richtte zich op, maar voelde geen grond meer zodat ze haastig richting strand zwom tot ze de bodem weer kon raken. Ze probeerde verder te lopen, maar het terugtrekkende water trok haar een paar keer omver, zodat ze uiteindelijk als een wankele amfibie het strand bereikte.

Een beetje duizelig van het lange rugzwemmen – de schoolslag was haar door de orthomanueel therapeut afgeraden vanwege haar versleten nekwervels – scharrelde ze naar de stranddouche, waar ze het Atlantische zout van zich afspoelde. Ze pakte een verse, nog warme doek van de stapel, die de *plagiste* daar voor de hotelgasten had neergelegd, sloeg hem om en liep naar het ligbed onder de grote parasol om zich languit te laten drogen.

'Café, madame?' vroeg de jongen, een student die in de vakantie zakgeld verdiende door in het vijfsterrenhotel de gasten op het strand te voorzien van parasols, ligbedden en ander comfort.

'S'il vous plaît, Philip.' Na de derde dag wist Betsy ongeveer alles over z'n vriendinnetje, zijn studie antropologie, zijn *well-to-do* ouders, die erop stonden dat hij leerde z'n eigen broek op te houden, zodat hij zich hier in de julihitte voorbeeldig uitsloofde het iedereen naar de zin te maken. De gasten, zelfde genre oud geld als zijn ouders, beloonden zijn beschaafde en bescheiden inspanningen navenant.

In afwachting van de koffie sloot Betsy haar ogen. Zelfs in de schaduw van de parasol droogde ze snel, zo heet was het vandaag. 'Is that all there is my friend…' Het oude Peggy Lee-liedje zat in haar kop, het liedje dat zong van de betrekkelijkheid der dingen en vooral van wat er van die dingen overbleef…

'So keep on dancing and take on the booze…'

Nou ja, de *booze*. Daar had ze niet zoveel mee. Haar labiel vegetatief zenuwstelsel deed haar na anderhalf glas wijn al stuiteren, laat staan dat ze de booze, de whisky en de cognac aanwendde als medicijn voor vrolijk overleven.

'Le café, madame.'

Ze schrok op uit haar overpeinzingen. 'Merci, Philip.'

'Madame Bruinisse vous attend.' Hij stopte het

twee-eurostuk in zijn broekzak. 'Elle est sur la terrasse, chez le swimming pool.'

'Je viens.'

Betsy kwam traag overeind, dronk genietend haar sterke espresso. Ze wilde Fien, haar genereuze weldoenster, niet laten wachten. Fien, die ze ooit had leren kennen in de jaren dat ze hier met Daan, haar ex, vakantie vierde. Fien, die zodra ze hoorde dat ze ging scheiden, ogenblikkelijk had gebeld en geroepen: 'Je gaat met ons mee naar Bretagne hoor! We willen je daar niet missen!'

Zo was voor Betsy wat betreft het jaarlijkse uitstapje naar dit hemelse hotel eigenlijk niets veranderd. Zorgzame Fien regelde zelfs de vertrouwde kamer met het tweepersoonsbed, wat in het begin wel gemengde gevoelens bij Betsy had opgeroepen. Maar resoluut had ze alle nostalgie uit haar hoofd verbannen.

Met loshangend badjasje en op blote voeten, de gebloemde strandtas over haar schouder geslingerd, liep ze langzaam de trap van het strand naar de hoteltuin bij het zwembad op. Daar zat Fien op haar vaste plek, het ijsgekoelde glas wodka voor zich in de aanslag. Ze stak juist een verse sigaret op en in een rookwolk gehuld knikte ze enthousiast naar Betsy, sloeg uitnodigend met haar vlakke hand op de zitting van de stoel naast haar.

'Kom!' riep ze. 'Wil je een coupe?'

Zonder antwoord af te wachten wenkte ze de jongen van de bar: 'Patrick! Un coupe pour madame. Rosé. Et encore un wodka. S'il vous plaît.'

Ze sloeg haar glas in één teug achterover. 'Nou kom ik hier toch al sinds 1964. Ieder jaar weer vraag ik of ze jenever hebben. En ieder jaar weer moet ik het met wodka doen! Rare Fransen!'

Patrick verscheen met de drankjes. Roze champagne. Welja, waarom ook niet. Niets wende zo snel als het tempoloze luxeleven in dit hotel.

'Lekker gezwommen?'

Betsy knikte. 'Het water van de Atlantische Oceaan is net Perrier. Heerlijk.'

Spontaan boog ze zich naar de kleine vrouw naast zich en kuste haar hartelijk op haar wang. 'Je hebt geen idee hoe ik geniet. Daar teer ik nog het hele jaar op!'

'Morgen probeer ik het ook wel weer eens. Alleen…'

Fien maakte haar zin niet af. Betsy wist wat ze bedoelde. Zwemmen zou nooit meer hetzelfde zijn zonder de man die meer dan veertig jaar met haar meeliep naar de zee. Die wachtte tot ze haar baantjes had gezwommen, de enorme witte badmuts als een vlag op het kleine hoofd. En die zorgzaam de grote badhanddoek wijd uitspreidde om zijn druipende vrouw erin op te vangen. Al die herinneringen aan een zoet bestaan, dat zo vanzelfsprekend had geleken, of het nooit zou veranderen. En dat toch bruut werd verstoord door de plotselinge dood van de grote man.

'Zal ik met je meegaan?' bood ze aan, hoewel ze

het antwoord kende. De enige die in staat was haar zover te krijgen nog eens een stukje in zee te zwemmen was haar jongste zoon.

Fien schudde haar hoofd. 'Misschien... wanneer Tom met me meegaat.'

Betsy liet het maar zo. Ze leunde achterover, deed haar ogen dicht. Overleven. Twee vrouwen die allebei zo goed en zo kwaad als het ging in hun eentje dóórleefden, het hoofd geheven, de façade intact.

Hangend aan de oude vakantierituelen, zoals het door de oude François op de trolley binnengerolde ontbijt, de *Figaro* opgevouwen naast het bord. Zachtgekookt eitje, croissant, brioche, twee harde puntjes in het broodmandje, thee met de extra kan heet water, het schijfje citroen. De vier potjes confituur naast de klont zoute boter. En dat was dan pas het begin van de dag.

'Ik leef in blessuretijd,' mompelde Betsy.

'Hè?' riep Fien, die dover en dover werd.

'Dat ik zo geniet,' riep Betsy terug. Onwillekeurig paste ze haar volume aan aan de hardhorendheid van haar vriendin. Bovendien was haar eigen gehoor ook niet meer zo scherp als vroeger.

'Vroeger...' begon Fien aan een verhaal over de tijd die voorbij was.

Daar had Betsy geen zin in. Voor Fien was vroeger alles zo niet beter, dan toch in ieder geval anders. Zij, Betsy, had even geen zin in het verleden. Want hoe dichtbij haar horizon ook opdoemde, ze wilde de tijd die haar restte zo vitaal mogelijk invullen. Te veel vroeger bedierf de smaak van het heden.

Na de lunch van gegrilde sardientjes en frambozensoufflé besproeid door twee glazen ijskoude meursault trok Betsy zich terug op haar kamer. Slapen. Ook Fien ging een poosje naar boven, kijken naar de Tour de France. Fien was gek op wielrennen en voetbal. Ze had met haar jongste zoon een skybox in de Amsterdam ArenA en kon met grote hartstocht praten over corners en al of niet terecht toegekende strafschoppen.

Wat een hitte. Betsy draaide de airco een streepje hoger, poetste haar tanden en ging wijdbeens midden op het grote bed liggen.

Bijna onmiddellijk viel ze in slaap en droomde. Van sommen.

2

Op zijn linkerzij lag Nars op de brancard in het voorportaal van de operatiekamer en wachtte tot de prik in zijn ruggenmerg de onderkant van zijn lichaam had lamgelegd.

'Een liesbreukje,' had de chirurg gezegd, 'we verdoven u plaatselijk.'

Daar lag hij dan, zijn mannelijkheid als een slak weerloos over zijn linkerdij gezakt. Gelaten liet hij het medisch gerommel met spuiten en bloeddrukmeters over zich heen gaan.

'Gaat het een beetje?'

Nars keek op. Mijn god, wat een schitterend wezen stond daar. Amandelvormige donkere ogen, een slanke hals, welvingen onder de witte jasschort die hoge borsten deden vermoeden.

Gaat het een beetje... Nee verdomme. Waarom moest hij hier zo liggen, in z'n blote kont, met die prachtige vrouw zo dicht bij hem, naast hem. Terwijl er bij hem daar beneden niets bewoog om haar verschijning eer te betuigen.

Hij keek haar schaapachtig aan, niet in staat iets zinnigs terug te zeggen. Het mooie wezen haalde een speld uit haar borstzakje en ging er zoekend naar eventueel niet verdwenen reflexen mee over zijn dijbeen.

'Bijna goed,' sprak ze goedkeurend, alsof ze het over de nog niet geheel gare aardappels had. 'Nog vijf minuten. Dan gaan we u helpen.'

Nars sloot zijn ogen, hij voelde diepe vernedering. Wanneer deze ellende achter de rug was, hij zou zijn verlost van de snijdende pijn die alle lust in hem doofde, dan… dan moest het er maar eens van komen. Niet alleen maar dromen van genot. Niet meer met stijf gesloten ogen Jenny beklimmen, zijn vrouw Jenny, die gelaten zijn lust doorstond.

'Schiet een beetje op!' zei ze soms als hij de tijd nam, om zijn drift eens flink de sporen te geven. Dan ramde hij er maar weer haastig en liefdeloos op los tot het gedaan was.

'Ach ja, ze moeten hun kwakje kwijt!' Dat had hij haar op een ochtend tegen de buurvrouw horen zeggen. Ze wist niet dat hij nog in de gang stond, nog niet naar zijn werk was.

'Even op uw rug, meneer,' zei de heerlijke vrouw. Hij opende zijn ogen en keek in de hare. Zou ze thuis een vent hebben tegen wie ze 'Schiet een beetje op' zei? Of zou zij wel de tijd nemen? Langzaam en wellustig de gunsten van een heer en meester genieten. Geen haast. Deze vrouw zou geen haast maken haar meester van zijn kwakje af te helpen.

Terwijl zijn gedachten zich vastklampten aan

voorstellingen van sensuele handelingen met deze vrouw, met andere vrouwen, draaide hij zich moeizaam op zijn rug. Automatisch klapten de deuren van de operatiekamer open, een verpleegkundige reed hem naar binnen.

'Fluitje van een cent.' Goedgemutst verrichtte de chirurg met de adequate hulp van de mooie anesthesiste deskundig zijn werk, verhielp 'het liesbreukje', terwijl Nars, weliswaar een beetje suffig van de lokale anesthesie, zich een toekomst verbeeldde waarin hij, niet gehinderd door die vervelende pijnlijke liesbreuk, eindelijk ongebreideld zijn wellust kon botvieren.

3

Even voor station Antwerpen-Berchem stond de Thalys plotseling met een schok stil. Een bommelding.

Betsy voelde lichte ongerustheid. Om nu hier de lucht in te vliegen leek een slecht besluit van de vakantie. Maar toen ze zag hoe volkomen onbewogen de zakenmannen, colbert uit, das los, achter hun laptop doorwerkten, kalmeerde ze. Bommeldingen leken duidelijk onderdeel van het dagelijks bestaan geworden. Toch lukte het haar niet zich weer te concentreren op het boek op haar schoot, *Everyman* van Philip Roth, een boek dat een behoorlijke dip in haar stemming had veroorzaakt. De meedogenloos scherpe observaties van de neergaande spiraal in het oudemannenleven van de hoofdpersoon riepen zulke pijnlijke associaties op met haar eigen bestaan, dat ze voortlezend de neiging voelde opkomen het raam te openen en het rotboek eruit te flikkeren! Maar in de Thalys was dat onmogelijk, en om het boek in de afvalbak te dumpen...

Peinzend bekeek ze over het opengeslagen boek heen haar blote benen, in die ene week nog aardig bruin geworden.

'Je hebt nog héél behoorlijke benen voor je leeftijd!'

Fien was karig met complimenten, haar oordeel was vaak hard en nauwkeurig, daar viel meestal weinig op af te dingen. Zelf droeg ze altijd heel dunne kousen, hoe warm het ook was.

'Héél behoorlijk!'

De tijd dat er naar haar werd gefloten wanneer ze op steile hakken voortging was lang voorbij. Soms vergiste iemand zich, misleid door haar ranke achterkant en rode haar. Maar langszij gekomen bleek het misverstand en werd er haastig doorgelopen.

De trein zette zich weer in beweging. De conducteur vond het niet nodig uitleg te verschaffen over het vervolg op de bommelding. En niemand in de wagon voelde behoefte zich hardop iets af te vragen. Ze sms'te haar dochter Paula dat de trein een uur vertraging had.

Nog één ijskoude rechtstreeks uit de koeling afkomstige snack te gaan voor de Thalys bij de grens snelheid minderde. Betsy las kauwend op een broodje brie de laatste bladzijden van *Everyman*.

Dood. Hartstikke dood. Alle resterende hoop in het verhaal werd de bodem ingeslagen om dan natuurlijk toch te eindigen in de dood.

Kwaaiig sloeg ze het kleine boek dicht, kwaad op de schrijver die haar weer eens had ingewreven dat ook voor haar het einde van de rit in zicht kwam. Ontsnapping onmogelijk.

'Goed boek?'

Verbaasd keek ze op. De man schuin tegenover haar, die de hele reis verdiept was geweest in zijn werk, had nu zijn laptop dichtgeklapt en keek haar belangstellend aan.

'U leek totaal geabsorbeerd. En ook een beetje kwaad!'

Betsy haalde haar schouders op. 'Het is waanzinnig goed geschreven. Maar van een defaitistische treurnis… Of we niet weten dat het slecht met ons zal aflopen!'

'Maar mevrouw, u laat zich het leven toch niet vergallen door een zwart verhaal. Al is het nog zo mooi opgeschreven.'

Ze keek haar overbuurman eens goed aan. Hij had zijn bril afgezet, vriendelijke diepliggende ogen, donkere baardgroei, die zich op zijn wangen en kin begon af te tekenen.

'Komt u uit Parijs?'

'Nee, ik kom uit Bretagne, Zuid-Bretagne. La Baule.'

'Ah… met dat heerlijke hotel. L'Hermitage, met dat enorme strand voor de deur. Ik ben daar twintig jaar geleden eens geweest, met mijn vrouw.'

De trein reed het station van Rotterdam binnen. Enigszins gehaast stond haar medereiziger op. 'Ik moet er hier uit. U gaat naar Amsterdam?'

'Ja, maar dan moet ik nog verder…'

'Naar Pothorst,' had ze nog willen zeggen. Maar de trein stopte, de man greep zijn laptop, pakte haastig een koffertje uit het bagagerek. 'Jammer dat we niet verder kunnen praten. Wacht, ik geef u mijn kaartje.' Ze kreeg iets in haar hand geduwd. 'Au revoir.'

Betsy keek naar buiten, daar kwam hij langs. Hij stak een hand op. De trein zette zich in beweging, weg was hij. Haar sombere stemming was ook verdwenen. Lang geleden dat ze door een vreemde man was aangesproken.

Ze bekeek het kaartje. Ir. Bertus K. Pruim. E-mail, mobiel telefoonnummer. Geen adres. Ze borg het kaartje in het zijvakje van haar portemonnee en begon haar spullen te verzamelen.

Na Schiphol minderde de Thalys vaart. Ze reden het Centraal Station binnen.

Nu nog een sterke vent die ze kon aanschieten om haar koffer uit de trein te tillen. Mannen, uitsluitend mannen met strakke koppen, bezig de trein te verlaten.

'Zoudt u…' begon ze aarzelend tegen een robuuste man met een open gezicht.

'Maar natuurlijk mevrouw.' Hij tilde haar koffer uit de trein en trok het handvat voor haar uit. 'Gaat het zo wel?'

'Jaja, dank u wel. Het gaat prima zo. Ah… ik zie mijn dochter!'

'Mam, gelukkig! Ik ben nog maar net op tijd. Goed dat je me een sms'je stuurde. Er was een enorme file. Geef mij je koffer, kom vlug mee… Ik sta ontzettend fout geparkeerd.'

Ze gaf haar moeder een vluchtige kus en struinde, de koffer rollend achter zich aan, gehaast naar de roltrap, naar de uitgang aan de achterkant van het station, net op tijd om de agent met het bonboekje in de aanslag voor te zijn.

Toen ze enigszins buiten adem in de auto zaten, de veiligheidsriemen dichtklikten en Paula de auto startte, keek die opzij naar haar moeder. 'Je ziet er goed uit. Heb je het leuk gehad?'

Betsy knikte. Ja. Het was leuk. Zorgeloos ook. 'Fien heeft me verwend. Maar ik vind een week genoeg. Ik vind het prettig weer naar huis te gaan.'

Terug naar de sommen. Ze had er zin in.

4

'Ik kan haar toch niet in de steek laten.'

Jenny klonk onzeker. Want hoewel ze niets liever zou doen dan linea recta afreizen om haar doodzieke vriendin bij te staan in de laatste dagen van haar leven, kon ze haar Nars, nog maar net herstellend van zijn liesbreuk, toch ook niet aan zijn lot overlaten.

Nars keek op van de krant. Hij wachtte even met antwoord geven. Koortsachtig werkten zijn hersens: Jenny weg, misschien wel een hele week. Dan kon hij…

'Maak je over mij alsjeblieft geen zorgen. Ik red me wel.'

'Maar lieve schat, je kunt nog nauwelijks lopen. En wanneer je moet hoesten…'

Dat was waar. Wanneer er zich een hoest of nies aandiende, moest hij met beide handen de acht centimeter lange jaap in zijn onderlichaam in bedwang houden. Lachen was er helemaal niet bij. Maar lopen ging een stuk beter.

'Alsjeblieft Jenny, trek je van mij niks aan. Het gaat toch iedere dag beter. Lisa heeft je nodig.' Hij moest moeite doen niet te laten merken dat de gedachte aan een week afwezigheid van zijn vrouw hem buitengewoon opvrolijkte. Haar overweldigende zorgzaamheid was af en toe verstikkend.

'Denk je echt… Ik bedoel: er moet toch ook voor je worden gekookt.'

'Jenny! Alsjeblieft! Ga alsjeblieft. Lisa heeft om je gevraagd. Je krijgt spijt als haren op je hoofd als het straks te laat is. Ik red me heus wel.'

'Nou, ik vind het lief van je. Dan eh…'

'Ga maar vlug. Neem de auto maar. Ik hoef toch nergens naartoe.'

Ze kuste hem hartelijk. 'Dank je wel. Dan ga ik maar vlug pakken. Er staat nog wat soep in de ijskast. Er zijn aardappels en er staat ook nog een blik witte bonen in tomatensaus…'

'Jajaja. Wees nou toch alsjeblieft niet bezorgd over mij. Ik kan toch ook een pizza laten komen.'

Jenny was al bezig spullen in een grote reistas te proppen. 'Ik heb geen idee hoe lang het gaat duren.'

'Geeft niet. Maak je nou over mij maar geen zorgen. Je zou er eeuwig spijt van hebben wanneer je nu niet naar Lisa zou gaan.'

'Ja, dat is waar. Nou, dan ga ik maar.'

Ze kuste haar man nogmaals.

'Dag lieverd. Als het niet gaat, moet je me bellen. Beloofd?'

Hij moest zich bedwingen om niet kribbig te reageren op haar getreuzel. 'Beloofd. Sterkte hè? Dag lieverd. We bellen.'

Een beetje moeilijk stond hij op, liep naar het raam om haar uit te zwaaien. 'Da-ag, da-ag.'

Weg was ze.

Ondanks het gevoelige litteken, dat iedere opwelling van lust pijnlijk smoorde, maakte zich iets joligs van Nars meester.

Hij hoorde de sneltrein naar het noorden aankomen. Hij keek op de klok, de grote ronde klok met de zwarte cijfers, die zijn leven zo lang structuur had gegeven. Kwart over vijf stipt. De treinen reden steeds beter op tijd. Het gaf hem een tevreden gevoel, hoewel hij er niets meer mee te maken had. Alles was geautomatiseerd, de bomen sloten vanzelf en gingen vanzelf weer open. Hij had geluk gehad dat hij na het ingaan van de V U T tegen een billijke huur in de dienstwoning mocht blijven wonen.

Jarenlang had hij de verantwoording gedragen voor het sluiten en openen van de bomen. Nog steeds hield hij in de gaten of de treinen op tijd liepen. Een ingesleten gewoonte, dat zou wel nooit meer veranderen.

Hij scharrelde naar de keuken, opende de koelkast. Soep, had Jenny gezegd. Hij pakte het schaaltje met bruinebonensoep en zette het in de magnetron. Vervolgens schonk hij zichzelf een glas ijskoude jenever in, hief het hoog.

'Hoi!' zei hij tegen zichzelf. 'Hoi hoi!' en sloeg het in twee slokken achterover.

Vrij. Hij had vrij.

Morgen ging hij naar Amsterdam.

5

Betsy was in haar element. Geen betere plek in huis om te werken dan haar eigen keuken. In de loop der jaren had ze hier honderden sommen bedacht, ogenschijnlijk makkelijke vraagstukjes maar vergis je niet: met precies de moeilijkheidsgraad die haalbaar was voor de kinderen van groep 7, die zich voorbereidden op de Cito-toets. Voor de zekerheid rekende ze alles grondig na, voordat de sommen definitief werden opgeslagen:

> Verdeling erfenis tante Joanna:
> $3/_{10}$ deel voor Josje
> $2/_3$ deel voor de huishoudster
> de rest voor de tuinman
> Welk deel van de erfenis krijgt de tuinman? …
> deel.

Zo. Dat was duidelijk en eenvoudig opgeschreven. Nu de volgende.

> Vijf piraten verdelen 11 goudstaven.
> Hoeveel krijgt elke piraat?

A. $^1/_{11}$ goudstaaf
B. $^1/_5$ goudstaaf
C. $^5/_{11}$ goudstaaf
D. $2^1/_5$ goudstaaf
E. $2^5/_{11}$ goudstaaf

In de volgende som had ze als kleine grap de naam gebruikt van de lagere school hier in Pothorst, de oude school waar haar kinderen op hadden gezeten:

Van de 219 kinderen op de Vedelaarschool komen er 74 op de fiets.
Dat is ongeveer 1 op de ... kinderen.

Inzicht. Wanneer het lukt is het of je opstijgt. Alles valt op zijn plaats. Dit is de bedoeling der dingen.

De ogenblikken dat zo'n volmaakt eenvoudige som haar inviel vervulden haar met een alles overstijgend geluk. Als een kind met de punt van de tong uit haar mond zat Betsy aan de keukentafel en zette de sommen uit haar kladblok in de computer. De precieze interpunctie was belangrijk, zo'n som moest in een oogopslag ook visueel duidelijk zijn.

Na vier sommen controleerde ze haar werk en sloeg ze het op. Tevreden klapte ze haar laptop dicht. Even pauzeren.

Aan het aanrecht klokte ze een groot glas koud

water weg. Dan haar dikke vest aan, even naar buiten. Ze pakte de sleutelbos, sloot de deur achter zich en stapte opgewekt het tuinpad op.

'Oud is fout! Mijn moeder is honderd geworden. Vreselijk. Ik hoop het niet te beleven!' Mieke Telders woonde iets te ver van Betsy om haar buurvrouw te noemen. Iedere ochtend tien uur precies liet zij haar spaniël uit, een oude teef waarvan de veelgebruikte tepels op haar kale buik nog fier overeind stonden. Vier nesten had Mieke met de hond gefokt, maar die glorieuze vruchtbaarheid behoorde nu tot het verleden.

Hond en vrouw. Ze gaan steeds meer op elkaar lijken, dacht Betsy, terwijl ze ongeduldig wachtte op het eind van dat woedende beklag over het klimmen der jaren. 'Jaja, het is me wat.' Wat moest je anders zeggen? Miekes tirade was zo ingesleten. Wat je er ook tegen in zou brengen, ze hoorde het niet.

'Enfin, er is geen alternatief voor dat verdomde oud worden... Nou, ik ga de appels rapen. Vorig jaar niks en nu... Het lijkt of de appelboom gek geworden is! Rustig Darla!' Dit tegen de spaniël, die ook genoeg had van het gedwongen stilstaan. 'Ik zie je.'

Betsy keek haar na, de vrouw die na de dood van haar stokoude moeder mopperend op het bestaan voortleefde, braaf haar hond uitlatend, braaf de appels tot moes verwerkend, in de diepvries opslaand en tegen Kerstmis vriend en vijand verrassend met tupperwaredozen vol diepgevroren, saaie, grauwe blubber zonder kraak of smaak. 'En graag de doos weer terug! Voor volgend jaar.' Betsy had de klont bevroren smurrie rechtstreeks in de vuilniszak gekieperd.

Zich verkneukelend over het karwei dat ze voor zich had, de rest van de sommen die ze in klad had ontworpen en die nog wachtten op een laatste kritische blik, ging ze haar huis binnen. Oud mocht dan fout zijn, voorlopig had zij bezigheden genoeg om haar tijd aangenaam te vullen. Niets aangenamer dan een hobby die ook nog iets opleverde.

Ze zette het koffieapparaat aan, ontstak een vuur met de gereedstaande houtblokken in de kleine open haard. Het was fris voor half september. En toen ze met de dampende koffie naast zich aan tafel schoof, voelde ze diepe tevredenheid. Met het leven. Met zichzelf. En bovenal met de resterende sommen, die ze in concept naast zich had liggen.

Met rode wangen van inspanning en concentratie en ook wel van opwinding en tevredenheid over de eigen creativiteit, keek ze een beetje verdwaasd op toen de telefoon rinkelde.

'Met Breedveld.'

Haar opdrachtgever. De man van het ministerie.

'Mevrouw Damiaan, alles wel? Prettige vakantie gehad?'

Een beetje verontrust fronste Betty haar voorhoofd. Waarom belde Breedveld? Alles was toch vóór de vakantie afgesproken en geregeld?

'Ik wil graag een afspraak met u maken. U werkt nu ongeveer tien jaar voor ons, tot volle tevredenheid, maar…'

Er viel een stilte. Betsy hield haar adem in. Onheil.

'Ik vind het niet prettig deze dingen door de telefoon te behandelen, ik doe dat liever oog in oog. Wij hebben per slot van rekening altijd zo prettig samengewerkt. Kunt u op korte termijn naar Den Haag komen? Ik nodig u uit voor de lunch.'

Ze schreef mechanisch de afspraak in haar agenda. Aanstaande dinsdagmiddag. In het restaurant van Nieuwspoort. Halfeen.

'Ik zal er zijn,' zei ze tam, niet in staat kalm na te denken over wat daar dan zou worden besproken. Iets wat uitsluitend oog in oog te behandelen viel.

Toen ze ophing rilde ze. Haar goesting om nog verder te werken was verdwenen. Werktuigelijk stookte ze het vuur op, voedde het met een groot blok hout tot het hoog oplaaide.

'Oud is fout,' mompelde ze in zichzelf.

6

Volgens het stratenboek moest hij hier linksaf. Nars keek omhoog: Damstraat. Dat klopte. Onzeker scharrelde hij langs de winkels met Chinees porselein, elektronica, een banketbakker met vette taart in de etalage. Dan de brug waar donkere jongens met petten tegen de leuning hingen of met elkaar smoesden. Voor de brug de Oudezijds Voorburgwal. Moest hij nou links- of rechtsaf?

Aarzelend stond Nars stil, keek om zich heen, probeerde zich het stratenplan uit het telefoonboek voor de geest te halen. Linksaf, dat was het.

Zo kordaat mogelijk liep hij de gracht op, voortdurend uitwijkend voor scooters, een vrachtauto, fietsers op de smalle stoep. Het begon te regenen. Hij zette de kraag van zijn dunne regenjas op.

Nou moesten ze hier toch zitten, de vrouwen die zich te koop aanboden. Die half ontkleed in etalages zaten zodat je ze goed kon bekijken. Hij probeerde omhoog te kijken naar de hoge ramen, maar de regen sloeg hem in zijn gezicht, zijn brillenglazen besloegen. Hij stapte in een plas, zijn linkerschoen maakte water. Bij een smalle steeg sloeg hij de hoek om.

Daar zaten ze achter het raam, in rood licht badend. Ook stonden er af en toe twee aan de deur, rokend, lachend met elkaar. Er sloften meer mannen zoals hij, diep weggedoken in de kraag van hun jack of regenjas, links en rechts loerend naar de vrouwen.

Soppend in zijn natte schoenen sjokte Nars voort, te verlegen om goed te kijken. Hij zag een man met een vrouw praten, lachen, naar binnen gaan. Er ging een gordijn dicht…

'Hé lekkere schat, zal ik je pikkie es lekker warmen?'

Hij schrok zich dood, keek achterom, zag een dikke blonde vrouw in een open deur staan.

'Ja knul. Ik heb het tegen jou!' Ze schudde haar kolossale borsten, die uitnodigend in haar krappe hemdje hingen. 'Hier brandt de kachel. Kom maar lekker bij me!'

Hij wist niet hoe snel hij weg moest komen, haar vette schaterlach in zijn oren.

Zo liep hij voort. Het litteken in zijn lies begon te trekken. Waar was hij aan begonnen? Het doel van zijn tocht raakte zoek. Hij kon zich niet voorstellen dat hij ergens naar binnen zou gaan, zich bij zo'n vreemd wezen verliezen in wellust en genot.

'Je pikkie warmen…'
Hij durfde niet.

Alle gevoel voor tijd verloren, doorweekt tot op zijn hemd, sjokte hij door de buurt, het Oude-kerksplein, de Warmoesstraat en dan weer terug, de wallen langs.

Uiteindelijk schoot hij op de Nieuwmarkt een bruine kroeg binnen, waar oude mannen aan de koffie zaten. Er hing een walm van rook en fri-tuur.

Hij bestelde koffie en een jonge klare.

'Voel jij je wel goed, ouwe?' De slonzige meid die hem zijn koffie en borrel bracht keek hem on-derzoekend aan. 'Man, je ziet groen! Neem maar gauw een slokkie!'

Hij veegde met zijn zakdoek zijn beslagen bril droog. Zijn tanden klapperden tegen de koffie-kop, de borrel trok een gloeiend spoor door zijn slokdarm. 'Nog maar eentje,' bestelde hij, einde-lijk weer een beetje tot zichzelf komend.

Hij rekende af. De regen was opgehouden. Op-gelucht liep hij terug naar het station.

Toen hij in de trein naar huis een beetje was op-gedroogd, viel hij in een diepe slaap. Hij schrok wakker door de snerpende stem van de conduc-teur. 'Dames en heren, de volgende halte is Zwol-le. Het voorste gedeelte van de trein gaat door naar Groningen. Het achterste deel is bestemd voor Leeuwarden.'

Hij stapte uit en haalde net de bus naar Pot-horst.

'Hé Schuurman!' begroette de chauffeur hem.

Op deze route kende iedereen elkaar. 'Is je Suzuki stuk?'

'Nee, Jenny heeft de auto mee.'

Jenny. Zijn vrouw. Plotseling schaamde Nars zich dood. Wat had hem in 's hemelsnaam bezield?

Maar toen hij na zijn ellendige, vergeefse tocht eindelijk thuiskwam, zich ontdeed van zijn klamme kleren, onder de douche het hete water over zijn ontdane lijf liet stromen, hervond hij ook zijn lust.

7

'Nog twee keer maaien denk ik, dan zit het er voor dit jaar wel op. De dingesz... het gras groeit niet meer zo hard en met die regen is de grond te dingesz... te zacht. Ik trek steeds stukken aarde mee.'

Ferenc stak het maaigeld in de borstzak van zijn geruite hemd, sloeg zijn laatste slok koffie naar binnen, stond op en slofte op zijn sokken naar zijn klompen, die op de mat bij de keukendeur stonden.

'Moet de dingesz... de maaimachine nog doorgesmeerd worden?'

Betsy was blij dat het obligate koffieritueel met de man die haar grasveld kort hield er weer op zat. Hoewel ze hem al jaren kende, voelde ze zich altijd licht ongemakkelijk in zijn nabijheid. Hij had haar in een vertrouwelijk moment, gebogen over de koffie, wel eens verteld hoe hij in 1956 na de inval van de Russische tanks in Boedapest de benen had genomen, in de trein naar Wenen was gestapt en precies op tijd zijn vaderland was ontvlucht. Maar wat er daarna met hem was gebeurd, was haar nog steeds niet helemaal duidelijk. Sinds tien jaar woonde hij in het dorp, in een oude caravan, die achter op een rommelig stukje land stond aan de rand van het voetbalveld bij de school.

'Ik regel de dingesz. De beurt.'

Hoewel Ferenc nu ruim vijftig jaar in Nederland woonde, was het zoeken naar het juiste woord een ingeroeste gewoonte geworden. 'De dingesz' vulde alle begrippen en woorden in die niet ogenblikkelijk binnen zijn bereik lagen.

De telefoon ging. Terwijl ze opnam wuifde ze naar Ferenc, die terugwuifde en de deur achter zich dichttrok.

'Paula?' Haar dochter.

Na een verhaal over de baan van haar schoonzoon, over de kinderen die op hockey zaten en de problemen met de nieuwe hulp, kwam de aap uit de mouw. 'Je weet het moeder, ik ben er al eens eerder over begonnen, we moeten het eens over je toekomst hebben.'

Mijn toekomst, dacht Betsy. Ja, laten we het daar eens over hebben.

'Nee,' zei Betsy, 'daar wil ik het helemaal niet over hebben. Daar heb ik helemaal geen behoefte aan.'

'Maar we maken ons zorgen. Jan en ik willen zo graag duidelijkheid. Wij willen…'

'Duidelijkheid? Hoe bedoel je?'

'Nou ja, het is toch gewoon dat je op een zekere leeftijd een paar dingen goed regelt. Of je nou begraven of gecremeerd wilt worden, en waar. En je spullen. Wie wat krijgt. Het is niet verstandig daarmee te wachten tot er iets met je gebeurt. Of zo.'

'Of zo,' herhaalde Betsy werktuigelijk, 'de spullen. Waar had je aan gedacht, Paula?'

Terwijl ze probeerde haar dochter serieus te nemen, dwaalden haar gedachten af. Naar de winkel waar ze van haar eerste salaris als juf een prachtig antiek koffieservies van Regout had gekocht. Zonder oortjes. Heel oud en mooi. Betje Wolff en Aagje Deken. *Majoor Frans.* Wanneer ze zulk mooi oud servies zag droomde ze altijd van de oude verhalen waarin die kopjes pasten.

'Doe nou één keer niet zo naïef, moeder! Je weet best dat je de boel altijd ontwijkt. We kunnen met jou nooit eens gewoon nuchter over de toekomst praten!'

'Ik heb helemaal geen toekomst,' zei Betsy zachtjes, meer tegen zichzelf dan tegen Paula.

'Wat zég je? Praat eens wat harder, alsjeblieft!'

'Je hebt gelijk. Maar nu even niet…'

'Zie je wel! Je stelt het uit. Wanneer dan wel?'

'Eh… ik moet eerst naar Den Haag. Voor de sommen. Ze willen met me praten.'

'Wie zijn "ze"?'

'De sommen. Je weet toch…'

'Jajaja,' klonk het ongeduldig, 'je sommen. Reuzebelangrijk. Maar dit is ook belangrijk. Laten we maar meteen een afspraak maken. Jan heeft de donderdag en de dinsdagavond altijd vrij. Jij mag het zeggen. We komen wel naar je toe.'

Hoe moest ze ze van haar deur houden! Ze wist zeker dat ze het tegen haar zoon en haar dochter samen zou afleggen. Ze zouden van alles en nog wat bedisselen en de moed zou haar ontbreken ertegen in te gaan.

Haar toekomst! Wie vroeg nou een mens van haar leeftijd naar haar toekomst...

Om van het gezeur af te zijn prikte ze lukraak een dinsdagavond begin oktober, vastbesloten ze met een smoes weer af te bellen.

'Goed zo!' prees Paula haar. 'Nou werk je tenminste mee. Ach moes, je hebt geen idee wat ik me zorgen om je maak. Zoals je daar woont in dat afgelegen dorp, half in het bos, zonder hulp. Ik kan er niet van slapen. En Jan denkt er net zo over.'

Dat vond ze roerend, haar kinderen die niet konden slapen van háár toekomst. Ze grinnikte nadat ze het gesprek had beëindigd. Hoe lang was het geleden dat zij en haar Flip niet konden slapen van de kinderen en hun roekeloze jeugd... Wat hadden ze niet uitgevreten, geblowd en gezopen voordat ze hun verantwoordelijkheid namen en zich als volwassenen gingen gedragen.

Bij 3 oktober schreef ze in haar agenda: 'praten over toekomst'.

8

'We proberen haar nu in een hospice te krijgen,
maar die zijn allemaal overvol. Het is een rare tijd
waar we in leven. Met wachtlijsten om dood te
gaan...'

Jenny stond bij het aanrecht en vulde plastic
bakken met erwtensoep.

'Kijk Nars, zo kan je voorlopig vooruit. Vier
porties soep. En in deze bakjes zit draadjesvlees,
allemaal dingen die in de diepvries goed blijven. Je
moet wel voor jezelf wat verse groenten maken.
De s rv-man heeft van alles bij zich, dan hoef je er
de deur niet voor uit.'

Babbelbabbelbabbel, dacht Nars. Hij hoorde
maar half wat zijn vrouw zei. Ze was die ochtend
teruggekomen van haar liefdewerk bij de stervende vriendin. Hoewel het er nu op leek dat de vriendin de tijd nam en het sterven voor de aanstaande
nabestaanden meer ging lijken op een ergerlijke
onderbreking van de dagelijkse bezigheden, in
plaats van een in tijdsduur te overzien waardig afscheid van het leven. Wat Nars ervan begreep was
dat de weinige betrokkenen ongeduldig werden
en naar oplossingen zochten die hen vrijstelden

van de plicht voortdurend aanwezig te zijn.

'Een hospice,' herhaalde hij werktuigelijk, 'dat is toch zoiets als een plek waar je wacht op de eindstreep?'

'O, maar het schijnt er fantastisch te zijn. Iedere gedachte aan sterven, alles wat erop wijst dat het daar een wachtkamer van de dood is, gaan ze uit de weg. Er wordt van alles gedaan om de mensen zich zo goed mogelijk te laten voelen en ze nog een beetje gelukkig te maken. Er komt ook een kapper en iemand die handen verzorgt. Je mag er ook geen snijbloemen meenemen, want die gaan dood! Vaste plantjes, dat is de bedoeling, want die moet je verzorgen zodat ze blijven leven.'

Nars keek ervan op. Een plek om dood te gaan waar men bezig is die dood te ontkennen…

'Ik vind het raar,' was zijn commentaar. Hij had ook geen zin om er verder op in te gaan. Wat hem vooral bezighield was hoe lang zijn vrouw van plan was de stervensbegeleiding van haar vriendin voort te zetten. 'Hoe lang denk jij dat je daar nog moet blijven?' vroeg hij, terwijl hij moeite deed zijn vrolijkheid bij het zien van de enorme hoeveelheden diepvriesvoedsel die Jenny voor hem bereidde te temperen. Het zag er niet naar uit dat ze verwachtte overmorgen terug te zijn.

'Dat is het punt,' zei Jenny zorgelijk. 'Er valt werkelijk geen peil op te trekken. Maar zodra er een gaatje is in de hospice kom ik terug.' Ze veegde haar handen af aan de theedoek en liep naar

Nars. Liefdevol legde ze haar hand op zijn schouder. 'Je vindt het toch niet erg dat ik dit doe? Anders moet je het wel zeggen, hoor!'

Hij knikte, nauwelijks in staat zijn vrolijkheid te verbergen. 'Nee nee, je moet het zeker doen. Anders zou je je later maar schuldig voelen!'

Dat klonk overtuigend. Schuld en boete, dat sprak Jenny aan.

'Lief van je, je bent een schat. Trouwens, je ziet er een stuk beter uit. Heb je nog pijn van dat litteken?'

'Af en toe steekt het een beetje. Maar steeds minder.'

'Mooi. Nou lieverd, als je het niet erg vindt ga ik maar weer. Ze is zo blij dat ik er voor haar ben.' Ze kuste haar man op beide wangen. Hij rook uien. Maar het stoorde Nars dit keer helemaal niet.

'Neem je tijd,' zei hij, 'ik red me wel.'

Hij bracht haar naar de deur, bleef in de opening staan terwijl zij in de auto stapte. Ze zwaaiden vrolijk naar elkaar. Een harmonieus echtpaar.

Ze was nog niet de straat uit of hij klapte de voordeur dicht en haastte zich naar zijn oude computer.

Internet. Daar moest hij de oplossing vinden. Achtenvijftig jaar. Afgekeurd. Maar nog vol onvervulde drift en verlangen.

9

'Ja, mevrouw Damiaan… aan uw creativiteit ligt het niet. U heeft een groot en goed gevoel voor getallen. Absoluut. Maar de manier van formuleren… tja. De afdeling psychometrische analyse, u weet dat zijn de mensen die de definitieve keus van het materiaal bepalen, heeft op uw laatste inzending nogal veel commentaar geleverd. Men vindt dat uw sommen niet meer aansluiten bij de leerstof.'

'O.' Wat moest ze anders zeggen? Ze schoof haar lege koffiekop een eindje van zich af. Om haar heen zaten journalisten, parlementariërs en ander gewichtig volk. Er werd luid gepraat en gelachen, een gezellige boel hier in het restaurant van Nieuwspoort.

'Aan de hand van de uitslag van de proeftoetsen is de commissie tot de conclusie gekomen dat te veel van uw ingezonden werk niet meer voldoet. Bij het meten van de moeilijkheidsgraad bleken uw sommen te eenvoudig, te weinig gelaagd.'

Betsy Damiaan focuste haar blik strak op de linkeroorlel van Joop Breedveld, de ambtenaar van het ministerie die de brenger van het slechte nieuws was. Hij werd er zenuwachtig van en had het gevoel dat zijn woorden absoluut niet tot haar doordrongen. Waarom keek die vrouw hem niet gewoon recht in zijn gezicht?

Hij verschoof een stukje op zijn stoel zodat ze hem wel móést aankijken. Maar Betsy's blik draaide mee, haar ogen bleven gefascineerd staren naar zijn oor, waar een klein bosje grijs haar uitstak.

'Mevrouw Damiaan!'

Breedveld verhief een klein beetje zijn stem. Het hielp. Het leek of Betsy wakker schrok, terugkeerde tot het hier en nu. Maar ze bleef zwijgen.

'U begrijpt dat het me zeer spijt. We hebben zoveel lange jaren prettig samengewerkt. Daarom heb ik ook gevraagd of u hier wilde komen, ik had u dit besluit zeker niet zonder meer schriftelijk willen meedelen. Maar...'

'Jaja. Ik begrijp het. Jammer.'

'Ja. Jammer, heel jammer. Dat vind ik ook.'

'Dan ga ik nu maar.'

Een beetje stram stond Betsy op. Breedveld tegenover haar ook. Hij stak zijn hand uit.

'Dan neem ik nu afscheid. Zeer bedankt voor uw jarenlange toewijding. Het ga u goed.'

Ze knikte, stopte de royale boekenbon die ze ten afscheid had ontvangen in haar tas, schudde de haar toegestoken hand en liep zonder verdere plichtplegingen het restaurant uit, Joop Breedveld licht ontregeld achterlatend.

Op weg naar de trein kwam ze pas weer een beetje tot zichzelf. Ze ontspande. Haar gevoel van dreigend onheil was uitgekomen. Ze was haar werk kwijt. Het werk waar ze van genoot, waar ze in opging. De mooie, grappige en slimme sommen, die ze jarenlang had verzonnen. De sommen die haar leven zin hadden gegeven. Afgepakt.

Wat had die Breedveld ook alweer gezegd?

'…bij het meten van de moeilijkheidsgraad… sommen te eenvoudig… niet genoeg gelaagd… de commissie… te veel van het werk niet meer voldoet… de conclusie…'

Ze kocht op het perron stroopwafels. In de trein zocht ze een plaatsje bij het raam, scheurde het pak koeken open en vrat ze achter elkaar op, om het lege gevoel ter hoogte van haar maagstreek te dempen. Daarna viel ze uitgeput in slaap.

Haar hoofd zakte steeds opzij, haar mond stond een beetje open. Ze snurkte. Af en toe werd ze wakker van haar eigen rochelende geluid en veegde met haar zakdoek het vocht uit haar mondhoek.

In Zwolle besloot ze een taxi te bellen. Voor de laatste keer, dacht ze, want zonder het extra sommengeld brak een zuinige winter aan.

10

Met een rooie kop van nauwelijks bedwongen opwinding zat Nars achter zijn computer en baande
zich een weg door de digitale wereld van de sex-
aan-huismogelijkheden die het internet hem
bood. Na zijn vergeefse expeditie naar de wallen
had hij besloten zijn zoektocht naar wilde sex op
een meer eigentijdse manier voort te zetten...

Maar het viel niet mee. Vroeger stonden de
kranten in het weekend vol met aanbiedingen van
hete dames die je thuis kwamen verwennen. Het
internet had dat overgenomen. Geen wonder dat
het zo slecht ging met de kranten. Een heel adver-
tentieveld was verdwenen in de grenzeloze digitale wereld. En hij moest voortmaken. Stel je voor
dat Jenny's missie haar stervende vriendin tot
haar laatste snik bij te staan plotseling door een
versneld sterfbed zou eindigen...

Zodat Nars nu zenuwachtig van site naar site
surfte, waar hij beurtelings gechoqueerd en opgewonden raakte van al die platte bewegende plaat-
jes waarop dikke vrouwen met enorme borsten en
mannen met reusachtige geslachtsorganen seksu-
ele gymnastiekoefeningen uitvoerden, waarbij ze

elkaars openingen en uitsteeksels om beurten vulden en in de mond namen en daarbij vette gore taal uitsloegen.

'Witte pudding,' mompelde Nars, 'wat is dat nou weer…'

Hij begreep het pas toen op het filmpje het mannelijk model enthousiast zijn zaad tussen de borsten van de onder hem opgerolde vrouw spoot. 'Witte pudding, hoe kom je erop!'

Maar hij moest opschieten. Iets uitzoeken. Niet al te dol, hij kon de spanning nu al bijna niet aan. En daarbij de angst dat hij tijd te kort zou komen…

Hier. Deze meid leek hem wel wat. 'Trix, 23 jaar, blank, kleur ogen blauw, cupmaat C. Geschoren. Drinkt graag cola.'

Nars grinnikte. Trix. De koningin. Hij was best wel Oranjegezind. En dit was zo te zien een lekker moppie. Gewoon een blonde meid met alles erop en eraan. Nederlands. Dat was ook beter dan al die exotische meiden uit Italië of Polen. Alleen mocht ze voor hem die enge string wel uit laten, zo'n veter tussen je billen… bah!

Hier, wat ze allemaal doet: sm onderdanig, sm dominant, trio met een echtpaar, plassex… Getverderrie, hij wilde gewoon lekker op en neer, dat was meer dan genoeg. Het moest geen rariteitenkabinet worden.

Maar dit was weer leuk: 'Trix, een echte aanrader voor een heerlijke avond!'

Dat wilde hij. Een heerlijke avond met Trix.

De telefoon rinkelde. Nars schrok zich dood. Met een plotseling bonkend, overslaand hart nam hij op.

'Hallo lieverd. Gaat alles goed?' De zorgvolle stem van Jenny deed hem rillen van schrik. Ze zou toch niet…

'Hoe gaat het daar? Kan je het een beetje aan?' Die vraag van hem was onzin. Zijn vrouw vond niets heerlijker dan te zorgen. Het maakte niet uit of het een zieke kat of een halfdooie duif betrof. Maar zich buigen over menselijk leed, dat schonk haar de grootste voldoening. Hij wist daar alles van; hij had zojuist tijdens zijn genezingsproces haar overstelpende aandacht ervaren. Wat dat betreft was het lot hem gunstig gezind door deze stervende vriendin op haar pad te laten komen. Want Jenny hanteerde een strakke hiërarchie in het verlenen van haar zorg. Wie het ergste leed, was het eerst aan de beurt.

'Ach schat, je begrijpt… het is allemaal zo verdrietig. Het is goed dat ik hier ben, ook om de familie een beetje te ondersteunen. Alleen, ik laat jou wel erg in de steek, terwijl je zelf nog maar net herstellende bent!'

Hij haastte zich haar op alle fronten gerust te stellen, haar te prijzen voor het heerlijke voedsel in de diepvries en haar vooral aan te moedigen zich over hem geen zorgen te maken en zich voor de volle honderd procent te richten op het ondersteunen van haar vriendin.

'Ik red me wel,' riep hij, weliswaar niet al te enthousiast. Jenny moest wel geloven dat hij haar het liefste naast zich wist.

'Dikke knuffel!' riep ze ten afscheid. Hij stuurde Dikke Knuffel retour.

Terug naar de digitale wereld, waarin hij zich steeds meer thuis ging voelen. Hij moest nu maar eens een beslissing nemen, zijn kans grijpen nu hij nog een beetje vrijheid had.

Nars voldeed aan alle voorwaarden die nodig waren om Trix langs te laten komen voor 'een heerlijke avond'. Hij checkte in, met digitale vooruitbetaling, bij Escortbureau Stout aan Huis.

De volgende avond ging het gebeuren. Om zeven uur zou Trix komen.

Hij zou de cola koud zetten.

II

'Een lift!'

'En een intercom. Ze kunnen nooit zomaar bij je binnenkomen.'

'Tafeltje dek je. Ben je vijf keer per week verzekerd van warm eten. Dat werkt meteen als controle. Voor als er iets mis is.' Om het hardst somden Paula, haar man Henk, Jan en zijn partner Hudson de voordelen van een bejaardenflat op.

Een beetje ineengedoken zat Betsy. Ze keek naar haar kinderen en hun levensgezellen die zich hadden voorgenomen op deze avond haar toekomst in kaart te brengen, zodat niemands nachtrust meer kon worden verstoord door zorgelijke gedachten over hun oude moedertje en hoe het nu toch met haar verder moest.

Dochter Paula en haar man zaten naast elkaar. Zoon Jan schreef alles op in een schriftje. Zijn vriend trommelde ongeduldig met zijn vingers op tafel, zijn ouders waren al jaren geleden gestorven en veilig in Suriname begraven.

Betsy deed een poging een wig te drijven in het verbaal geweld dat op haar werd losgelaten: 'Hudson, hoe is dat indertijd met jouw ouders gegaan? Zijn die tot aan hun dood zelfstandig blijven wonen?' Jan zelf sprak over Hudson altijd consequent als over 'mijn man', sinds het burgerlijk huwelijk aan hen de status van echtelieden had verschaft, maar Betsy kreeg dat maar niet over haar lippen. Niet dat ze er ook maar iets tegen had, ze vond het alleen zo vreselijk gezocht twee mannen voortdurend te horen praten over 'mijn man'. Het schiep toch wat mentale verwarring, vond ze.

Schoonzoon Henk, die sinds de dood van Flip haar administratie verzorgde, begon nu allerlei adressen van bejaardentehuizen met aanleunwoningen voor te lezen. '"De Einder", "De Horizon", "Avondrood", o hier… dat schijnt heel goed te zijn: "Eben Haëzer", in Hattem, daar zit de moeder van mijn secretaresse in een aanleunwoning. Ik hoor niets dan tevreden geluiden!'

Betsy kreeg er genoeg van. Dat ging maar over haar hoofd heen, of ze er zelf niet bij zat! 'Hou op!' riep ze met stemverheffing. 'Houden jullie in 's hemelsnaam op! Ik wil niet in een aanleunwoning. Ik wil hier helemaal niet weg. Ik zit hier goed, al negenendertig jaar lang. Waarom willen jullie mij toch weg hebben?'

'Moesje,' – Paula legde haar hand kalmerend op Betsy's arm – 'het is toch alleen maar voor jouw bestwil? Denk eens aan je versleten wervels. Aan je hoge bloeddruk. Aan dat gesjouw met die zware tassen voor de boodschappen… Wij maken ons daar zorgen over. En als je nou stinkend rijk was, maar dat extraatje dat je met je sommen verdiende, dat valt nu ook weg. Hoe denk je het hier vol te houden? Wanneer je het huis verkoopt heb je tenminste nog een financieel ruggensteuntje, kunnen we een lekkere verzorgingsflat voor je kopen. Van alle gemakken voorzien!'

'Maar jullie drijven mij in het nauw. Als ik het niet meer aankan zal ik het heus wel melden. Maar het is nog te vroeg… Ik wil nog geen bejaardenleven leiden.'

Betsy voelde machteloze tranen prikken. Verdomme, waarom was Flip doodgegaan zonder iets voor haar te regelen. Zo slordig, hij had nooit aan een toekomst gedacht. Nooit gedacht aan oud worden. Zij zelf trouwens ook niet. Van zijn vertalersinkomsten en haar baan als onderwijzeres hadden ze leuk kunnen leven. Maar omdat ze pas laat was heringetreden, was haar pensioentje schamel. Zonder het extraatje van de sommen…

Hudson stond op en liep tot achter Betsy's stoel. Hij legde zijn grote bruine handen voorzichtig op haar schouders en begon ze liefdevol te masseren. 'Mamma, ontspan je een beetje. Ze bedoelen het goed. Maar mijn moeder zou ook voor geen prijs uit haar huisje zijn gegaan. Zij heeft daar gelukkig tot haar laatste snik kunnen blijven.'

Ze gaf zich over aan het deskundig kneden van haar verkrampte schouders.

'Mamma' noemde hij haar. Dat deed haar ogen letterlijk overlopen. Nu haalde hij ook nog een kraakheldere zakdoek tevoorschijn, zodat ze haar traanvocht weg kon snuiten.

'Jij,' zei ze met een bibberige stem, 'jij bent een goeie schoonzoon. Ja...' Ze bedacht plotseling dat Henk ook een heel aardige schoonzoon was, altijd bereid haar te helpen met het ontluchten van de verwarming en het instellen van de video. 'Jij ook hoor, Henk! Wacht...'

Ze schoof haar stoel achteruit en liep naar de ladekast in de hoek, trok de la met het bestek open. Ze rommelde wat tussen het tafelzilver en trok een cassette met antieke messen en vorken tevoorschijn.

'Hier Hudson, jullie hebben nog nooit een behoorlijk huwelijkscadeau van mij gekregen. Dit heb ik met Flip... met je schoonvader die je nooit hebt gekend, gekocht. We gingen geregeld een weekend naar Londen in de jaren zestig, en dan vergreep ik mij bij de Silver Vaults altijd aan antiek zilver spul... kon het niet laten. Ik hoop dat jullie er veel plezier van zullen hebben.'

Een oprechte Surinaamse omhelzing was haar deel. Ook Jan knuffelde haar. Ze knapte er erg van op.

'En nu,' sprak ze ferm, 'ga ik een fles opentrekken. Houden jullie alsjeblieft op met dat gezeur over mijn ouwe dag. Verpest het laatste restje van mijn leven niet. Wanneer ik dood neerval kunnen

50

jullie nog genoeg kiften over wie wat krijgt en hoe en wat. En ik zeg het jullie maar meteen: ik wil gecremeerd worden. En dan in een leuke artistieke vaas om de beurt bij jullie op de schoorsteenmantel. Kijk maar. Verstrooien op zee vind ik ook leuk!'

Betsy kreeg steeds meer de geest. Met bravoure verzon ze ter plekke hoe ze zich haar eigen uitvaart dacht. 'Ook veel muziek. Een stukje strijkkwartet van Ravel. En daarna swingen. De Red Hot Chili Peppers of zo. Sting. De kleinkinderen moeten niet treurig worden. Niemand moet treurig zijn als ik de pijp uit ga!'

Paula en Jan keken elkaar aan. Ze kenden hun moeder. Wanneer zij de dingen niet meer zag zitten verdween haar gebruikelijke meegaandheid. Haar oren vulden zich met stopverf, ze weigerde gewoon nog te luisteren naar redelijke argumenten.

'Wie is er tegen een heerlijke pomerol 1994? Die moet zo zachtjesaan wel op dronk zijn!'

Betsy opende handig de fles. Je kon goed zien dat zij gewend was dit meestal aan mannen voorbehouden karwei met regelmaat uit te voeren. Ze schonk de wijn en hief haar glas: 'Lieve kinderen. Ik verklaar het onderwerp voorlopig onbespreekbaar!'

Niemand kreeg meer de kans terug te komen op het zo onvoorzichtig te berde gebrachte voorstel haar huis te verkopen, waardoor zij financieel in veiliger vaarwater zou raken en zorgeloos zou kunnen genieten van haar oude dag.

12

Ferenc Gabor was bezig met het winterklaar maken van de tuinen en tuintjes waarvoor hij de zorg had. De maaimachines moesten worden nagekeken en doorgesmeerd, het dorre loof en de afgewaaide bladeren bij elkaar geveegd op de composthopen, tere rozenstruiken tegen de vorst met stro omwonden. Voor enkele oudere echtparen en alleenwonende vrouwen stopte hij ook de verse bloembollen in de grond. Zachtjes fluitend duwde hij de schoongemaakte maaimachine van Betsy Damiaan voor zich uit. Wanneer hij de laatste uren die hij voor haar in de tuin had gewerkt zou hebben afgerekend, ging hij naar het café voor een biertje en een potje klaverjassen met de mannen uit het dorp.

Aan het einde van de laan lag het spoor. Terwijl hij de overweg naderde begon het rode licht te branden, de spoorbomen sloten zich. Er passeerde een eindeloos lange trein met containers vol afval, bestemd voor de vuilverbranding in het noorden.

Ongeduldig wachtend keek Ferenc om zich heen. Jezus, wat een prachtige wagen stond daar.

Hij boog zich een beetje voorover om het merk te lezen. Toe maar, een dikke Audi! Hij klakte met zijn tong. Zulke wagens zag je niet vaak in het dorp.

Eindelijk was de trein voorbij, de bomen gingen omhoog. Ferenc duwde de maaimachine verder.

Bij het huis van Betsy aangekomen zag hij haar door de verlichte kamer lopen. Gelukkig, ze was thuis. Hij liep over het tuinpad rond het huis naar de schuur in de achtertuin, haalde de sleutel onder de tegel tevoorschijn, borg de grasmaaier netjes in de hoek van de schuur en legde de sleutel weer terug op zijn plaats.

Betsy had hem gezien, ze wachtte hem op bij de keukendeur.

'Hallo tuinman. Wil je nog wat drinken? En wat ben ik je schuldig?'

Hij haalde het papiertje waarop hij de gewerkte uren noteerde voor de dag. 'Vier uur krijg ik nog van u. En bedankt voor de dingesz, maar ik hoef niks meer te drinken. Ik ga naar de dingesz… naar de kroeg. Kaarten!'

Betsy had haar portemonnee al in de aanslag, rekende af. 'Hier heb je een tientje extra, met dank voor je goeie zorgen. We zien elkaar wel weer in het voorjaar hè?'

'Bedankt mevrouw. Ik meld me wel weer wanneer de dingesz… de winter voorbij is!'

Fluitend liep hij de weg terug. Over de spoorbomen heen zag hij voor het huis van Schuurman nog steeds de glanzende zwarte auto staan. Nieuwsgierig liep Ferenc erop af. In het vage licht van de enige lantaarn die daar stond zag hij een man achter het stuur zitten slapen.

Raar. Ferenc stond een paar minuten doodstil naar de slapende man te kijken. Toen kon hij zijn nieuwsgierigheid niet langer bedwingen. Zachtjes klopte hij tegen het raampje.

De man schoot geschrokken overeind. Ferenc lachte hem vriendelijk toe. De man liet het raampje zakken. 'Wat moet je?'

'Niks. Sorry. Ik dacht alleen… de dingesz… de auto zag ik straks ook al staan, ik dacht… is er wat aan de dingesz… aan de hand?'

'Ik wacht,' zei de man.

'Wacht?'

'Ja. Ik wacht op de dame.'

'De dingesz… de dame?'

'Ja.' De man keek op een reusachtig gouden horloge met verlichte wijzers. 'Kan nog wel een uurtje duren. Maar ik moet toch wachten.'

'Waarom?' Ferenc moest het weten. Welke dame? En waarom moest dat nog zo lang duren? En was die dame dan bij Schuurman binnen? Was het familie?

'Ik ben van Escortbureau Stout. Uit Zwolle. Een van onze dames is daar binnen.' De man ging rechtop zitten. Het leek of hij het wel prettig vond, aanspraak.

'En jij moet daar dan op wachten?'

'Ach ja, het duurt soms wel drie uur. En ik kan ook niet weggaan, want je weet nooit of de meiden je nodig hebben. Soms wordt er iemand agressief. Nou, dan moet je toch ingrijpen!'

'Als ze niet… als ze de dingesz… niet willen betalen?'

'Nee, ze betalen vooruit. Anders komen we niet, snap je? Daar beginnen we niet aan!'

'Zozo.' Ferenc wist ook niets meer te zeggen. Die ouwe viezerik, die Schuurman, liet daar zomaar een escortjuffrouw bij hem thuis komen. Maar hoe zat dat dan met zijn eigen vrouw, Jenny? Hij kende haar wel, hij vond het een lief mens.

'Zeg, als je het niet erg vindt, doe ik het raam weer dicht. Ik heb het toch al koud van dat stilzitten.' Zonder een reactie af te wachten deed de man het raampje weer dicht. Ferenc wist niet beter te doen dan maar verder te gaan. Voortdurend omkijkend liep hij langzaam weg, terug naar het dorp, naar de kroeg.

Daar, bij de mannen aan de stamtafel, het schuimend bier in de glazen, de kaarten geschud, begon hij ze voorzichtig uit te horen.

'Die Schuurman, die zijn dingesz… z'n vrouw… is die uit logeren?'

De mannen plaagden hem. 'Gabor! Heb je een oogje op Jenny?'

De kastelein gaf het antwoord. 'Ze is naar Doetinchem. Helpen bij een zieke vriendin. Van de week was ze nog even terug, maar ze blijft daar tot het allemaal voorbij is. Stervensbegeleiding.'

Zo zat het dus. Die ouwe viezerik liet bij zich thuis een escortmeisje aanrukken.

Ferenc knikte tevreden. Mooi. Goed om te weten. Maar verder hield hij zijn mond.

13

Nars had de cola koud gezet. Twee grote gezins-flessen, dat zou wel genoeg zijn.

Zelf dronk hij zich moed in met één klein glaas-je jenever. Meer durfde hij niet, hij wilde Trix niet trakteren op een kegel.

Zeven uur. Hij had de koekoeksklok stilgezet. Hij had altijd al de pest gehad aan dat vrolijke ding. Maar hij moest er niet aan denken dat hij midden in iets… ja, in wat… nou ja, iets heerlijk wellustigs of zo bezig zou zijn en dat dan die ellendige klok zou gaan slaan!

Vervelend, het litteken in zijn lies stak. Dat betekende zeker verandering van weer.

Zenuwachtig liep hij heen en weer door de voorkamer, zijn horloge controlerend, voortdurend naar buiten kijkend of er al iets aan kwam.

Vijf voor zeven.

Hij hief luisterend zijn hoofd. Ja… hij hoorde een auto stoppen. Hij stond even doodstil. Nu ging het gebeuren.

De bel. Hij liep naar de gang, naar de voordeur, bijna struikelend over zijn eigen benen. Daar stond Trix. Achter haar een kleine, stevige man.

'Hier is Trix. Wilt u hier even aftekenen?'

'Komt u binnen.' Je moest er niet aan denken dat er mensen langs zouden komen die zagen hoe hij hier een papier aftekende. Hij trok de vrouw en de man bijna zijn huis in, sloot de deur achter hen. Haastig zette hij zijn handtekening. De man stak het papier in zijn binnenzak.

'Nou moppie, ik wacht voor de deur. Als er iets is, dan sta ik zo binnen. En u meneer, veel plezier!'

De man opende de deur en verdween in de donkere avond.

Daar stonden ze dan, de zenuwachtige oudere man en de blonde stoot, met lang haar over haar roodleren jasje. Ze nam ogenblikkelijk het initiatief.

'Kan ik m'n jas hier ophangen?'

Ze wachtte niet op antwoord, trok haar jas uit, daarmee zicht biedend op een royaal decolleté in een strak truitje.

'Waar wil je me hebben, schat? Meteen naar de slaapkamer? Of eerst effe wat drinken? Zeg het maar, het is vanavond jouw feestje!'

Ze sloeg hartelijk haar armen om zijn hals en drukte zich tegen zijn verstarde lichaam.

'Kom maar bij me. Is dit de eerste keer dat je iemand laat komme?'

Wat moest-ie nou doen? Meteen naar de slaapkamer… waarom ook eigenlijk niet.

'Wil je geen cola?'

'Nog effe niet. Dan moet ik zo boere!'

'Ik kan ook koffie maken,' probeerde hij uit te stellen. 'Of thee. Wat je maar wilt.'

'Nou, eerlijk gezegd, ik heb wel zin in een bakkie. En jij vast ook wel. Kom op, gaan we gezellig samen naar de keuken.'

Terwijl hij aarzelend voorging naar de keuken pakte ze hem bij zijn heupen en duwde ze hem voor zich uit, of ze de polonaise gingen dansen.

'Getverdemme, Senseo,' zei ze vol afschuw toen ze zag hoe hij de koffiepads in het apparaat stopte. 'Persoonlijk vind ik dat niet te zuipe! Maar ja, toe dan maar. Zwart graag, alleen een scheppie suiker.'

Terwijl Nars bezig was met de koffie ging Trix aan het werk. Zij sloeg haar armen om hem heen, haar handen daalden af naar beneden, gleden in zijn broekzakken en bevoelden door de stof zijn pik, die nog wat geschrokken in de slaapstand hing.

'Nou jongen, hij moet nog een beetje opwarmen…'

'Au!' Nars sprong bijna weg van haar handen, morste hete koffie. 'M'n litteken!'

Geschrokken trok Trix haar handen terug. 'Wat zullen we nou krijgen? Een litteken? Waarvan?'

'M'n liesbreuk. Niks bijzonders. Alleen is dat litteken nog een beetje gevoelig, als je eraan komt.'

'O gelukkig. Want ik hou niet zo van ziektes. Mot ik niks van hebben.'

Trix staakte even haar erotische handelingen en liet zich op een stoel aan de keukentafel zakken om haar koffie te drinken. Nars ging tegenover haar zitten.

'Laat me jou eens goed bekijken,' zei ze vriendelijk. 'Woon je alleen?'

'Ja. Ik bedoel nee. M'n vrouw is weg.'

'Weggelopen?' Er klonk oprechte meewarigheid in haar stem.

'Jawel… nee, ze is bij een vriendin. Daar zorgt ze voor. Die gaat dood.'

'En nou grijp jij je kans? Gelijk heb je. Nou schat, ik ga je lekker verwennen hoor.' Ze sloeg haar laatste slok koffie achterover en stond op. 'Kom op, dan gaan we maar meteen naar de slaapkamer. Want daar kom ik toch voor, nietwaar? Laat me maar eens zien waar we feest gaan vieren!'

Hij ging haar voor, voelde zich vreemd in zijn eigen huis.

Hij had het grote bed voorzien van schone lakens, had een beetje van zijn aftershave op de kussens gesprenkeld. Dat leek hem een goed idee.

Trix liet er geen gras over groeien. Ze begon aan zijn broek te sjorren, rits open, trok hem naar beneden. 'Wees maar niet bang, ik zal voorzichtig zijn met je litteken. O ja, ik zie het. Nou zeg, best een flinke jaap!'

Ze ontkleedde nu zichzelf. 'Je mag best een handje helpen, hoor!' moedigde ze hem aan.

Verlegen prutste hij wat aan de bandjes van haar zwarte bh. God, het was echt een lekker wijf, deze Trix. Had hij goed uitgezocht. En ze droeg gelukkig geen string.

Zijn zelfvertrouwen groeide synchroon met zijn pik, die zich ijverig begon op te richten. Maar toen ze samen in bed rolden, viel het tegen.

'Hij is zeker een beetje geschrokken,' fluisterde Trix bemoedigend. 'Maar daar weet ik wel raad op!'

Ze zette zich ijverig aan een reanimatie van zijn nu wat verkreukelde lid, waarbij ze werkelijk niets naliet om hem te plezieren. Maar hoe meer zij zich inspande en haar vaardigheden op hem losliet, hoe meer het hem ontmoedigde. Het lukte gewoon niet.

'Effe uitrusten,' sprak ze hijgend na zich een kwartiertje intens te hebben uitgesloofd en ging op haar rug liggen.

'Zullen we anders het licht uitdoen? Misschien voel je je dan wat meer relaxed.'

Ze kwam overeind en knipte het gezellige bedlampje uit om zich tegen hem aan te vlijen.

'Vertel me eens. Ga je dikwijls vreemd? Wil je vrouw niet meer?'

Dat vond Nars geen prettig onderwerp. Hij hield toch van Jenny. Alleen… hij kon zich de tijd niet heugen dat het een beetje feestelijk was in bed. Maar hij ging haar niet verraden.

'Mijn vrouw is lief. Ik hou van haar. Maar we zijn al zo lang getrouwd…'

Daar liet hij het bij. Hij kon deze Trix, die brave meid die zo haar best deed hem te geven waarvoor hij haar had besteld, toch niet vertellen van zijn jarenlange ongestilde verlangen. Zijn steeds maar groeiende wanhoop. De vraag of er zich ooit nog iets zou voordoen wat zijn honger kon stillen.

En Trix verstond haar vak zo goed dat ze geen enkele moeite deed om hem zijn vrouw te laten diskwalificeren. Ze vond deze ouwe vent ook wel lief. Geen engerd.

Zo raakten ze in gesprek. Zij vertelde over haar jeugd, doorgebracht in een klein dorp in het noorden van Groningen, waar ze gek van verveling werd. En hoe ze in het leven terecht was gekomen. Dat ze best wel aardig verdiende, makkelijk ook. Ze kon zelfs sparen. Ze droomde nog steeds van een vent van haar alleen. Een huisje. Kinderen…

Nars luisterde naar haar. En vertelde van zijn leven. Over zijn enige zoon, die schipper was op een rijnaak. En ook over Jenny… dat het vuur tussen hen al lang geleden was gedoofd.

En zo, al pratend, terwijl Trix hem af en toe knuffelde en hij dat heel prettig vond, er hoefde niks, er werden helemaal geen eisen gesteld… kwam er toch weer beweging in.

'Het leeft!' stelde ze vast. 'Nou, dat is toch mooi. Kom maar, mien jong. Doe maar rustig aan, baasje. We nemen de tijd.'

Het was zo voor elkaar. Jammer dat het zo vlug

voorbij was. Ze was plotseling ook zo onweer-
staanbaar lekker…

Toen ze zich waste aan de wastafel en hij zijn
kleren weer aantrok, zei ze: 'Je mag me altijd bellen, hoor!'

Hij wist dat het nooit zou gebeuren. Hij zou wel
willen. Niets liever. Maar daar was gewoon geen
geld voor.

14

In De Ploeg zag het blauw van de rook. Aan de stamtafel zaten de mannen aan het bier. Hun stemmen klonken luider en luider, ze smeten de kaarten met harde klappen op tafel, ze hadden het naar hun zin. Dorien, de vrouw van de kastelein, zette twee schalen op tafel, een met dampende bitterballen, de mosterd in het midden, en een met hompen kaas en droge worst.

Ferenc won, tot grote ergernis van zijn buurman Gerrit. 'Hongaren deugen niet,' riep hij schertsend. 'Hongaren hebben nooit gedeugd. Zigeuners, dat zijn het!' Hij sloeg Ferenc amicaal op zijn rug. 'Heb ik gelijk of niet, buurman?'

'Ja hoor,' bromde deze, 'leef je maar uit. Woorden doen geen pijn. Mij krijg je niet op de dingesz... de kast!'

Gerrit schoof zijn zoveelste verloren spelletje van zich af. 'Ik heb er genoeg van. Ik nok af. En ik geef een rondje!' Met luide stem riep hij naar de tap: 'Dorien! Neem es even op. En nemen Harm en jij er ook een van mij!'

Terwijl Dorien langsging om de bestelling op te nemen schoof Gerrit zijn stoel naar achteren en pakte zijn accordeon, die onder de kapstok stond.

'Hè ja Gerrit. Speel eens een lekker walsje.'

Nu werd het erg gezellig. Gerrit zette in en spontaan brulde iedereen enthousiast en uit volle borst mee met 'Het kleine café aan de haven'.

Daarna kwam het repertoire van André Hazes aan de beurt. Ferenc klokte zijn verse bier achter elkaar naar binnen en sprong op de tafel.

'Gerrit, speel voor mij de dingesz... de Hongaarlied!'

Ferenc hief een woest Hongaars lied aan, waarbij hij luid met zijn hakken klepperde en iedereen op de maat meeklapte.

Jaj, jaj a tett!
Jajgassunk gyilkosok,
A bénák jònnek,
S kiknek lába nincs.

De hele kroeg zong nu het refrein mee. 'Lajlajlajlajlajlajlaj!'

Iedereen klapte en zong. Niemand had in de gaten dat de deur openging en Warner binnenstapte. Hij wrong zich door de mensen naar de tap, waar Harm onverstoorbaar de gezelligheid in zijn kroeg observeerde. 'Een van de tap graag.'

Terwijl Harm hem inschonk, het teveel aan schuim met de spatel van het glas schoof, zei Warner boven het lawaai uit: 'Zeg, die Schuurman... die z'n vrouw is toch uit logeren?'

Harm knikte. 'Ze is naar Doetinchem. Stervensbegeleiding. Ze is kort terug geweest om spullen te halen en te koken voor d'r man. Ze heeft de auto ook mee.'

'Zal ik jou eens wat vertellen?'

Warner boog zich over de tap om Harm op de hoogte te stellen van zijn bevindingen.

'Ik kwam daar toevallig langs, moest een pakketje bezorgen over het spoor. Staat daar een joekel van een slee voor de deur met een vent erin. Ik d'r op af.'

'Zozo,' zei Harm, terwijl hij het bier voor Warner neerzette.

'Ik tik tegen het raampje. Draait die vent het open. Zeg ik: "Wacht u ergens op?" "Jazeker," zegt die vent. "Ik wacht op een van onze dames."'

''t Is niet waar,' zei Harm. Nu werd hij toch nieuwsgierig.

'"Is die binnen?" vraag ik,' vervolgde Warner. '"Waar zou ze anders zijn?" antwoordt die kerel. Afijn, je snapt het zeker wel. Heeft die stiekemerd, terwijl zijn vrouw d'r niet is, een wijf besteld. Zo'n escortslet. Nou jij weer!'

Ferenc was uitgezongen en -gedanst. De opwinding in de kroeg bedaarde. Voldaan werd er meer bier besteld. De mannen zakten onderuit op de stoelen.

'Hé Warner!' werd er geroepen. 'Kom d'r bij. Jammer dat je er niet eerder was!'

Hij pakte zijn glas van de tap en schoof aan bij

de tafel. Binnen de kortste keren vertelde hij in geuren en kleuren wat hij had gehoord van de man in de auto, die stond te wachten bij het huis van Schuurman.

'Altijd al gedacht dat 't een stiekemerd was,' wist Dorien, 'nou zie je maar. Is dat arme mens een paar dagen weg en knijpt die ouwe viezerik meteen de kat in het donker. Mannen! Allemaal hetzelfde!'

Bij de verontwaardigde taal die zijn vrouw uitsloeg trok Harm alleen maar zijn borstelige wenkbrauwen op. Hij zei niks. Hij zou wel gek zijn. Hij kneep van tijd tot tijd zelf de kat in het donker. En niet zo zuinig ook.

Gerrit haalde de accordeon van zijn lijf en zette hem weer onder de kapstok.

'Het is te hopen dat z'n vrouw d'r maar niet achter komt!'

Ferenc knikte. En verder hield hij zijn mond.

15

'Vrijwilligerswerk?'

Betsy trok een vies gezicht, haar lippen knepen misprijzend samen. Het woord riep bij haar kwalijke associaties op met vrouwen in mantelpakken die enge verkopingen van zelfgebakken koeken, zeep en kaarsen organiseerden. Gelukkig zag Fien aan de andere kant van de lijn dat zuinige mondje van haar vriendin niet. Enthousiast ging zij verder Betsy warm te maken voor de zegeningen van het vrijwilligerswerk.

'Ik doe het toch ook? Iedere week werk ik een middagje in het ziekenhuis, bloemen verzorgen, post rondbrengen, hier en daar een praatje maken. Ze zijn daar dolgelukkig met de vrijwilligers. Wij zijn het zout in de pap van de samenleving! En bovendien, Betsy, jij bent nog tien jaar jonger dan ik. Er is vast wel ergens een leuk baantje voor je te vinden. Maar je moet er natuurlijk wel achteraan, het komt niet uit de lucht vallen!'

'Misschien heb je wel gelijk. Ik moet gewoon die afschuwelijke afknapper verwerken. En dan eens kijken of er ergens nog iets voor mij te doen valt. Als je soms iets hoort… je kan niet weten…'

Met de belofte vlug eens bij Fien te gaan lunchen hing Betsy op.

Een leuk klein baantje. Haar leuke kleine baantje was haar afgepakt.

Betsy zakte in de grote stoel mismoedig onderuit. Ze dacht weer aan *Everyman*, het boek van Philip Roth, dat ze in de vakantie had gelezen en dat haar zo onaangenaam had geconfronteerd met de eindigheid van het leven dat ze het bijna uit het raam van de trein had geflikkerd. Haar leven bood nog genoeg perspectief. Ze hadden haar en haar sommen immers nodig. Dacht ze toen.

Het werd haar steeds duidelijker dat nu ook bij haar de neergang had ingezet.

De avond met de kinderen was haar ook niet in haar kouwe kleren gaan zitten. Ze had geweldig stoer gedaan, ze willen doen geloven dat er met haar niets aan de hand was. Dat ze haar eigen oplossingen zou zoeken. En dat ze vooral van haar, hun moeder, niet wakker moesten liggen.

Ze keek op de klok. Halfelf. Lusteloos kwam ze overeind, werktuigelijk werkte ze de rituelen voor het slapengaan af: planten water geven, vuil kopje afspoelen, muesli voor morgenochtend in de week zetten. De achterdeur en de voordeur met de haken grendelen. Ze woonde hier per slot van rekening tamelijk afgelegen. Er gingen geruchten over bendes Oost-Europeanen, die na de grote stad nu ook het platteland afstroopten om leeg-staande huizen en oude vrouwtjes te beroven. Hoewel niet bang uitgevallen, had ze de Hongaar-se klusjesman toch gevraagd stevige haken aan de binnenkant van de voordeur en de keukendeur te maken. Wanneer indringers dáárdoorheen zou-den breken zou dat zoveel kabaal opleveren dat ze allang 112 zou kunnen bellen.

Ze zette nog een kop thee, schilde een appeltje en nam alles mee naar boven, naar de slaapkamer. Bij het tanden poetsen keek ze in de spiegel kri-tisch naar zichzelf.

'Oud wijf,' sprak ze zichzelf toe. 'Je krijgt echt een ouwe kop!'

Ach, hoewel ze braaf haar gezicht 's ochtends en 's avonds schoonmaakte en invette met dag- en nachtcrème, deden die rimpels haar niet zoveel. Hoewel… met z'n tweeën zou het gezelliger zijn geweest. Samen langzaam wegrimpelen, van tijd tot tijd elkaars lege huidplooien strelen… de van-zelfsprekendheid van twee vertrouwde lichamen die gemoedelijk samen verleppen. Daar had ze vroeger met Flip wel over gesproken. Het leverde toen zo'n geruststellend toekomstbeeld op, dat pas later, veel later, in een heel verre toekomst, aan de orde zou zijn.

Maar wie had kunnen voorspellen dat Flip op een dag zomaar dood zou neervallen, gewoon naast zijn bed. Onbeholpen had ze nog gepro-beerd hem te reanimeren, zich proberen te herinneren wat ze wist van de EHBO-cursus die ze jaren geleden had gevolgd en zich over hem heen gebogen en geprobeerd leven in zijn longen te blazen. Maar het had niet mogen baten.

Zijn dood had haar overvallen. Nooit had hij klachten over zijn hart gehad. De huisarts was ook verbaasd. Zo'n gezonde, vitale vent. Hartstilstand, luidde de diagnose. Dat kwam de laatste tijd steeds vaker voor, ook bij jonge mensen.

Met open ogen lag Betsy in het donker en dacht aan die laatste nacht naast Flip. De volgende ochtend zou hij worden gekist, maar nu lag hij nog in hun eigen grote bed en ze wilde bij hem zijn, gewoon stil naast hem liggen, af en toe zijn slapen strelen en een kus op zijn kille voorhoofd drukken. Ze had het tegen niemand gezegd, bang voor protesten. Maar toen ze allemaal weg waren, de kinderen, de familie, had ze een schone nachtpon aangetrokken en was ze naast hem gaan liggen. Voor het laatst.

Tien jaar geleden alweer. Nooit meer iemand langsgekomen die haar Flip had kunnen doen vergeten. Maar ze had ook nooit behoefte gevoeld aan vervanging. Want ze had immers niks gemist. Hun liefde was genoeg voor een mensenleven.

Het enige wat ze haar man postuum nog wel eens kwalijk nam was dat hij niets had geregeld, geen koopsompolissen, geen pensioentje, niks op de bank. Maar wanneer ze daarover woede voelde opkomen, sprak ze zichzelf toe: 'Je eigen schuld. Je hebt zelf ook nooit iets ondernomen!'

Ze hadden toch een heerlijk leven gehad, alle meevallers van zijn vertaalwerk opgemaakt, gereisd, gegeten, vakantie gehouden.

Ze was nog maar net in slaap gesukkeld toen de telefoon ging.

Ze schoot overeind, geschrokken. Altijd was daar de gedachte: de kinderen!

In het donker graaide ze naar het lichtknopje en naar haar mobieltje.

'Hallo?'

'Betsy!' Het was Fien. Fien in staat van grote opwinding.

'Bets! Ik heb iets voor je. Iets geweldigs! Jij kent Venetië toch zo goed?'

Betsy wreef zich in de ogen. 'Ja-a…' Wat bezielde Fien haar zo laat te bellen over haar kennis van Venetië!

'Je moet vlug beslissen. Bij mijn reisbureau zitten ze ontzettend omhoog. De kunsthistoricus die een reis van zo'n sponsorclub zou leiden, heeft afgezegd. Hij heeft zijn been gebroken. Nou zitten ze zonder reisleider, iemand die Venetië goed kent. Mens, ik dacht meteen aan jou!'

'Hoe bedoel je?'

'Ik heb ontzettend over je zitten opscheppen. Maar die organisator moet het wel meteen weten. Die hele reis is al geregeld, hotel, alle tickets en zo. Wanneer je het wilt doen, moet je hem nu nog even bellen. Goed hè? Dit is nou precies wat jij nodig hebt! Als je dit goed doet, Bets, dan kan je reisleider worden! Helemaal iets voor jou. Een nieuwe toekomst! Wat heb ik je gezegd? Wanneer de ene deur dichtvalt, gaat de andere deur open!'

Een nieuwe toekomst.

Hoewel het al bij twaalven was, belde ze met ene Popke Nimmeijer, met wie ze een inventariserend gesprek voerde, waaruit hem duidelijk moest blijken hoe goed zij Venetië kende. Deze Popke was buitengewoon opgelucht met haar bereidheid zijn sponsorgroepje de weg te wijzen in Venetië.

Over drie dagen zou ze vertrekken voor een vijfdaagse kunstreis. Zestien oudere mensen moest ze de schoonheid van de Dogenstad laten zien.

'Het is de laatste trip van het seizoen. Maar het weer is daar nog prachtig, de voorspellingen zijn ook goed. U helpt mij werkelijk geweldig uit de brand, mevrouw Damiaan. En weet u, wanneer dit reisje een succes wordt, dan zijn er mogelijkheden. Het is niet eenvoudig om de goeie mensen te vinden. Geef mij uw e-mailadres, dan mail ik u alle bijzonderheden plus de namenlijst.'

Die nacht sliep Betsy niet meer. Rechtop in bed maakte ze lijstjes. De adrenaline gierde weer net zo vrolijk door haar lijf als wanneer ze vroeger een mooie gave som had bedacht.

Ach… Venetië, waar haar mooiste herinneringen lagen.

Wie had kunnen denken dat zij daar ooit nog eens zou terugkeren als reisleidster.

16

'Venetiëreis Wieringa & Partners, deelnemers verzamelen bij balie 12.'

Met een kartonnen bord voor haar buik stond Betsy Damiaan op een strategisch punt in de vertrekhal van Schiphol.

Drie half doorwaakte nachten had ze doorgebracht met het koortsachtig ophalen van haar weggezakte kennis van de stad waar ze in betere tijden met haar Flip zulke heerlijke dagen had doorgebracht. Ze had lijsten gemaakt met daarop de hoogtepunten uit haar herinnering die haar aantrekkelijk leken voor de *pensionado's* van accountantskantoor Wieringa. Ze had vijf dagdelen samengesteld, waarvan ze hoopte dat ze hiermee de bejaarde deelnemers een onvergetelijke ervaring zou bezorgen.

Hudson had haar voor dag en dauw op de luchthaven afgeleverd. Vanaf zes uur precies stond ze hier, met dat buikbord. Ze keek op haar horloge. De eerste deelnemers moesten zich nu toch zo langzamerhand wel melden.

'Schandalig! Ik sta al een halfuur aan de verkeerde balie! Wat is dat nou voor stomme organisatie, die mij laat weten dat ik mij bij balie 6 moet melden terwijl u hier staat met de mededeling dat we bij balie 12 moeten zijn!'

Geschrokken deinsde Betsy een stap achteruit. De verbale agressie die het kleine pinnige vrouwtje op haar losliet maakte dat de moed, die zich op dit vroege uur toch al niet al te krachtig manifesteerde, haar nu in de schoenen zonk. Even overwoog ze gewoon weg te lopen. Maar haar gezonde verstand kreeg de overhand.

'Mag ik mij even voorstellen?' Ze stak een hand uit naar de kwaaie dame, die hem negeerde, waarop Betsy hem maar weer terugtrok. 'Betsy Damiaan.'

'Moet u de reis leiden?' Er klonk zo'n onverholen weerzin in die vraag dat Betsy in snikken dreigde uit te barsten. Toen vermande ze zich.

'Jawel,' zei ze, 'ik begeleid het gezelschap. In Venetië wordt er nog een jongeman aan ons gezelschap toegevoegd, voor de praktische beslommeringen, tickets en zo. Maar nu moet u het met mij doen.'

'Hm,' gromde het vrouwtje, 'ik ben Hester van Beveringen. En ik ben kwaad. Slecht georganiseerd. Ik heb instructies mij bij balie 6 te melden, terwijl u ons naar balie 12 dirigeert!'

Betsy nam een besluit. Vanaf nu zou ze iedereen gelijk geven. Nergens tegen ingaan. Gewoon laf op alles ja knikken.

'Ja, u heeft gelijk. Ik zal het de organisatie melden.'

Olie op de golven. Het werkte. Hester van Beveringen bond in. Toen ontwaarde ze drie collega's die zoekend rondliepen.

'Ah,' riep ze energiek, 'daar is Boudewijn met zijn vrouw. En Karel! Ook verkeerd gestuurd natuurlijk! Jongens,' riep ze enthousiast, 'hierheen! Vergissing! We moeten bij balie 12 inchecken!'

Tevreden met het gelijk dat ze had gehaald ging Hester van Beveringen ijverig in de weer de groep te verzamelen. Betsy schudde handen: stevige, vochtige of slappe handen. Ze keek naar gezichten, probeerde namen te onthouden.

Langzaam werd ze rustig. Net als vroeger voor de klas wist ze dat je altijd moest profiteren van de energie van de anderen. Dan werd het een kwestie van bijsturen en grenzen aangeven, psychologische wetten die ze kende als geen ander.

Maar dit waren geen kinderen. 'Oudjes,' mompelde ze, vergetend dat ze er zelf een was.

Het was een groep ietwat broos aandoende mensen. Een vrouw vertoonde alle symptomen van een parkinsonpatiënt. Eigenlijk maakten alle deelnemers een wat broze indruk, hetgeen bij Betsy plotseling vrees deed ontstaan over haar verantwoordelijkheden. In het door tijdgebrek nogal gehaaste contact met de organisator waren medische complicaties van de reizigers niet doorgenomen. Stel je voor dat er een gepensioneerde accountant een hartstilstand zou krijgen…

Vlotjes werden de koffers ingecheckt. Iedereen

bleek de nieuwe veiligheidsmaatregelen braaf te hebben opgevolgd. Enige hilariteit ontstond toen een aantal van hen bij de controle de schoenen moest uittrekken, oubollige grappen vlogen over en weer.

Ze vouwde het bord met de tekst in het zijvak van haar koffer op wieltjes en volgde de groep, die nu druk en opgewonden kakelend voor haar uit stiefelde. Zeven echtparen en twee weduwen, die elkaar duidelijk al jaren goed kenden. Allemaal degelijk gekleed, de mannen in beschaafde vrije-tijdskleren, en ook de vrouwen droegen allemaal lange broeken.

'We moeten naar gate 52!' riep Hester van Beveringen. 'Gut, wat een eind lopen!'

Ze nam energiek het voortouw, de groep volgde gedwee met Betsy in de achterhoede. Zo kon ze tijdens de lange wandeling naar de vertrekpier het gezelschap eens goed bekijken.

Behalve de parkinsonpatiënte, die bij het lopen tastend haar voeten neerzette, was er een man die zich voortbewoog met steun van twee nordic-walkingstokken.

'Hoe moet dat straks in Venetië…' mompelde Betsy binnensmonds.

Ze versnelde haar pas en haalde de beverige vrouw in. 'Gaat het een beetje? Wilt u mij een arm geven?' bood ze aan, in een poging contact te maken door zich dienstbaar op te stellen.

'Graag,' zei de kleine dame en keek dankbaar naar Betsy op. 'Lief van u. Wat denkt u, gaan we in

79

Venetië veel lopen?'

'Tja, we zullen nogal eens met de vaporetto gaan, dat is voor u goed te doen. Er zijn wel veel kleine trappen. Ik zal goed voor u zorgen, u grijpt mij maar bij de arm.'

'Weet u mevrouw Damiaan, mijn man loopt ook niet meer zo goed. Vroeger hing ik altijd aan zijn arm. Maar dat gaat niet meer, hij is bang te vallen.' Ze wees met haar vrije hand naar een kleine grijze man die voor hen uit liep.

Waar ben ik aan begonnen, dacht Betsy zorgelijk, waarom heb ik dit aangenomen?

Maar vluchten kon niet meer.

17

Onverwachts stond Jenny in de kamer. Nars had niets gehoord. Haar terugkomst voelde als een overval.

Hij stond daar, verstard, niet in staat een stap te verzetten. Na zijn avontuur met de weelderige Trix verkeerde Nars in een gelukzalige bewust-zijnsvernauwing, waarin geen plaats was voor de werkelijkheid, die zich nu aandiende in de persoon van zijn vrouw, die thuiskwam in een toestand van totale ontreddering. Omdat de hulp en steun die zij als vanzelfsprekend van haar man verwachtte uitbleef, wist ze niet beter te doen dan beide armen naar hem uit te strekken.

'Nars?'

Eindelijk zette hij een stap in haar richting. Jenny stortte zich aan zijn borst. Hij moest zichzelf dwingen zijn armen om haar heen te slaan.

'Het was verschrikkelijk! Ze heeft zo geleden… zo'n pijn gehad. En ze kon het maar niet loslaten, ze wilde gewoon niet dood…'

Hortend en stotend kwam het verslag van Lisa's sterven eruit. Jenny klampte zich vast aan Nars, zocht troost bij hem. Hulpeloos en stijf stond hij daar met zijn snikkende vrouw in zijn armen. Hij voelde zich ongemakkelijk, kreeg kramp in zijn linkerbeen, probeerde een beetje anders te gaan staan. Maar de radeloos wanhopige Jenny liet hem geen ruimte.

'Ssst… stil maar… Kom, kom maar hier op de bank, laten we gaan zitten…'

Eindelijk liet ze los. Hij duwde haar zachtjes richting bank, willoos zakte ze in de kussens. Ze zag er verschrikkelijk uit; het gewoonlijk strak weggestoken haar hing in vochtige pieken langs haar gezicht, voor haar ogen. Nars voelde een mengeling van medelijden en groeiende afkeer.

'Zal ik… wil je thee? Of liever koffie?'

Ze luisterde niet. Haar hortend snikken ging nu over in een oerloei.

Een koe, dacht Nars, zo loeit een koe die haar kalf mist.

Het was of Jenny zelf schrok van het geluid dat uit haar opsteeg. Ze probeerde het te stoppen door de punt van een kussen in haar mond te proppen. Maar het loeien veranderde van toonhoogte en ontaardde in een gedempt gegrom. Nars liet zich naast haar zakken, klopte ritmisch op haar naar hem toegekeerde rug.

Plotseling richtte Jenny zich op en veegde met twee vuisten in haar ogen. Het brullen stopte. Met natte ogen keek ze haar man aan. Er welden onregelmatige ademstoten uit haar op, ze probeerde iets te zeggen. 'Weet je wat Lisa tegen me zei? "Jenny… Jenny, over een week lig ik onder de grond. Ik wil niet… ik wil niet dat ze aarde op me gooien… Ik wil niet, ik wil niet!"'

Ineens wist Nars wat hem te doen stond.

Hij liep naar de ijskast, pakte de fles jenever, greep twee glazen (hij was er zelf ook aan toe!), schonk ze met trillende hand vol tot de rand, klokte één glas haastig achterover en liep met het andere glas naar Jenny. Hij steunde met een hand haar hoofd en hield haar het glas voor. 'Drink op!' zei hij streng, hoewel hij wist dat ze sterkedrank haatte.

Ze deed het. Haar tanden klapperden tegen het glaasje, maar het ging achter elkaar naar binnen.

'Zo,' zei hij, 'dat is beter.'

Verwezen zat ze op de bank en hikte tussen het nasnikken door.

'Nog een?' vroeg hij. Verdomd, ze knikte, zodat hij nog twee borrels inschonk, die ze allebei naar binnen sloegen of het water was.

'Nars,' zei Jenny, 'doodgaan. We gaan er allemaal aan. Allemaal…'

Ze zaten nu naast elkaar op de bank. 'Ja…' zei Nars zachtjes, denkend aan het blanke vlees van Trix, dood onder de grond. Hij zag zichzelf in de weer met een schop, in zijn hoofd hoorde hij het doffe geluid van het op de kist neerploffende zand.

Zijn vrouw keerde zich naar hem toe. 'Hoe is het met jou? Sorry, maar ik heb zo'n vreselijke week achter de rug. Het heeft me aan het denken gezet. Ik heb jou verwaarloosd… Maar lieve schat' – Jenny hervond zichzelf bij het denken aan de nieuwe zorg die zich aandiende – 'ik ga het goedmaken!'

Rillend bij de gedachte aan de verstikkende liefdevolle aandacht waarmee zij hem niet-aflatend en met volle overgave zou gaan smoren, stond Nars op, pakte de fles en schonk zichzelf nog maar eens in.

Hij hield de fles omhoog. 'Jij ook nog eentje?'

Tot zijn verbazing knikte ze. 'Ja graag. Het doet me goed.' Ze hikte weer. 'Misschien moet ik vaker wat drinken.'

In een vreemd soort eendracht dronken ze zwijgend de fles leeg. Alleen Jenny's luide hik klonk nog.

'We moeten slapen. Kom mee.'

Nars zette de fles op de grond, stond wankel op, pakte de hand van zijn vrouw en probeerde haar omhoog te trekken. Maar ze zakte stomdronken achterover op de bank, gromde iets onverstaanbaars en viel in slaap. Zodat hij niet beter wist te doen dan de kamer uit te waggelen, de trap op, de slaapkamer in, waar hij met kleren en al op het onopgemaakte bed viel om in diepe dronken vergetelheid weg te zinken.

18

Ferenc Gabor probeerde door ijsberen zijn inner-
lijke onrust onder controle te brengen. Maar de
ruimte van zijn overvolle caravan was hiervoor te
klein, zodat hij een das omsloeg en de mist van de
vroege novemberavond in stapte.

'Verdamd... verdamd...' mompelde hij, terwijl
hij met grote stappen over het zompige weitje
stampte. Nooit gedacht dat zijn leven nog eens
overhoop zou worden gehaald doordat er zich
plotseling een kans voordeed, een kans om alsnog... toch nog... dat te realiseren waarvoor hij
zich lang geleden in de wieg gelegd achtte.

Hij liep met grote bogen rond zijn aftandse be-
huizing, de half vergane caravan, die nooit meer
zou kunnen rijden, de machteloze kapotte wielen
gestut door stapels kisten. Zijn adem bleef in de
ijskoude buitenlucht hangen, zijn bronchiën piep-
ten.

Plotseling stond hij stil, dacht met gesloten
ogen na. Hij ging de caravan weer binnen, gooide
in een hoek een grote stapel paperassen op de
grond, knielde ernaast en begon koortsachtig te
zoeken.

'Hier... hier... de dingesz!'

Hij viste een groot zwart cahier uit de troep en drukte het tegen zijn hart.

'Mijn bloed,' mompelde hij, 'mijn ziel...'

Hij sloeg het schrift open en begon te lezen, eerst zwijgend, rustig. Maar steeds sneller sloeg hij de bladzijden om, luider en luider las hij de zinnen in zijn moedertaal:

Mert minden felcserélhetö
A cimzett is lehet levél
A sír alá jöhet tetö
S mehet az égre szemfedél...*

Hij bleef de tekst herhalen als een geloofsbekentenis, half sprekend, half zingend, zijn lied met een eigen melodie.

Zijn stem stokte. Het schrift zakte in zijn schoot. Tranen stroomden over zijn wangen. Dit was zijn werkelijke leven. Zijn talent. Ondergestoft, vergeeld, vergeten. Stukgelopen.

Hij had het opgegeven, zich na alle mislukkingen erbij neergelegd dat zijn leven was vastgelopen.

In een overhaaste vlucht voor de Russen, zon-

---

* Want onomkeerbaar zijn de zaken
De koffer wordt zijn label
Onder de grafkuil komen daken
Lijkwade bedekt de hemel.

der afscheid van zijn familie, had hij samen met zijn jongere broer de laatste trein naar het Westen gepakt. Na een eindeloze reis was hij in Holland aangekomen. In de grote aankomsthal, te midden van de andere vluchtelingen, was hij in elkaar gezakt. IJlend van koorts was hij opgenomen in een ziekenhuis, waar bleek dat hij tuberculose had. Ruim een jaar had hij in een studentensanatorium doorgebracht, niet wetend wat hij met zijn leven moest aanvangen.

Murw door de gebeurtenissen, de langdurige ziekte, leek alles te mislukken. Het prille succes dat hij met zijn populaire liedjes in zijn geboorteland kreeg verzandde hier door de taal. Het onmogelijke Nederlands bleef een struikelblok bij alles wat hij ondernam, blokkeerde zijn vermogen zich uit te drukken.

Uiteindelijk had hij er zich maar bij neergelegd, berust in een klein bestaan in dit dorp, waar hij zich in leven kon houden door bescheiden werk.

Maar ziehier, het vuur was nog niet gedoofd.

Een kans.

Hij moest het slim aanpakken.

19

Bij aankomst in Venetië constateerde Betsy dat het hier, sinds zij er tien jaar geleden met haar man voor het laatst was geland, grondig was veranderd. Nadat iedereen zijn bagage had bemachtigd liep zij voorop door de douane, de kakelende accountants achter zich aan. Met haar ogen speurde zij de wachtende *gondolieri* en hotelportiers af. Haar gezelschap had elkaar in het vliegtuig al helemaal gevonden en toonde niet de minste belangstelling voor haar persoon, iets wat ze best vond.

Ah! Daar stond een bebrild jongmens met een papier waarop in grote viltstiftletters GROEP WIERINGA & PARTNERS stond. Hester van Beveringen had het ook gezien. 'Dáár! Daar moeten we zijn!' En Betsy rende kwiek naar het wachtende jongmens, de groep in haar kielzog. Met enige moeite drong Betsy zich naar voren en maakte zich bekend.

'Pieter van Egmond.' Ze kreeg een stevige handdruk en voelde zich ogenblikkelijk beter, in het besef dat zij vanaf dit ogenblik de verantwoordelijkheid met iemand kon delen.

'Komt u maar achter mij aan.' Het jongmens

verhief zijn stem. 'Ik heb de tickets voor de boot. Het is nog een eindje lopen, rustig aan maar.'

Zijn geruststellende aanspreektoon deed vermoeden dat het leiden van bejaarden tot zijn dagelijks werk behoorde. Hij pakte zonder vragen Betsy's rijdend weekendkoffertje en stapte voortvarend richting vaporetto, die hen naar het Lido zou voeren. Als een ervaren herder mende hij de oudjes. Aangekomen bij de grote watertram wachtte hij tot iedereen aan boord was, reikte de onzekere parkinsonlijdster zijn hand en nam hulpvaardig de nordic-walkingstokken over van de accountant die meende hiervan in Venetië veel plezier te zullen hebben.

Nadat hij zich ervan had vergewist dat iedereen een zitplaats had, riep hij met luide stem: 'Dames en heren! Wij varen nu langs Murano buiten Venetië om naar het Lido. Het is van de boot naar ons hotel een minuut of tien wandelen. Voor hen die moeilijk lopen zijn er taxi's beschikbaar.'

Na deze mededeling voegde hij zich bij Betsy, die een beetje zenuwachtig aan de reling van het schip was blijven staan. 'Ziezo,' zei hij voldaan, 'als ze maar eenmaal binnenboord zijn dan loopt het verder wel. We laten ze eerst even hun kamers bekijken, ze kunnen zich wat opfrissen en wij kunnen dan het programma voor vanmiddag doornemen.'

Wat een geruststellend wezen, dacht Betsy opgelucht. De slechte vibraties die zij vanochtend op

Schiphol had gevoeld losten in zijn aanwezigheid op. Met steun van Pieter zou het nog wel eens een succes kunnen worden. Want het cultureel programma dat zij in de paar slapeloze nachten vóór vertrek had uitgewerkt was toch echt de moeite waard. Dat wist ze zeker!

De verdeling van de kamers had nogal wat voeten in de aarde. 'Ik heb alleen een douche en ik had om een bad gevraagd', en: 'Ik had nog nadrukkelijk gezegd dat ik geen bad wil, daar kan ik niet meer uit komen!', maar na een uurtje steggelen en ruilen daalde er rust in de lobby van hotel Tintoretto.

'Laat ze nu maar eens eventjes aan zichzelf over. Ik heb gevraagd of ze om halfvier hier beneden willen verzamelen. En laat me nu maar eens zien wat u allemaal aan cultureels heeft bedacht!'

Zo zat ze samen met Pieter van Egmond achter een schuimende cappuccino en liet hem zien wat ze in haar drie doorwaakte nachten had verzonnen.

'Het lijkt mij goed vanmiddag de vaporetto naar de Salute te nemen, die kunnen we bekijken en dan doorlopen naar het Guggenheimmuseum. Dat is voor de eerste middag wel genoeg.'

'Heel goed. En dan geven we ze daarna vrij.' Pieter leek een oude routinier.

Betsy vertelde wat ze voor de komende dagen aan activiteiten had bedacht: het kerkhof van San Michele, waar ze een heel verhaal bij had. Torcello, waar zijzelf indertijd met Flip heerlijke uren had doorgebracht, aansluitend een bezoek aan Murano voor de glasblazerijen…

Pieter knikte steeds goedkeurend. Hij gaf haar het gevoel dat haar huiswerk in orde was. 'En mevrouw Damiaan, ik zou u aanraden nu zelf een halfuurtje te gaan liggen. Want u bent, vergeef het mij dat ik het zeg, ook niet meer zo piep! En we hebben nog een stevige wandeling voor de boeg!'

Gedwee volgde ze zijn advies op. Op bed liggend zakte ze meteen in slaap en droomde van Torcello, waar ze ooit met Flip na een goddelijke lunch in de tuin van de Locanda Cipriani in lange luie stoelen liggend een paar had bespied dat zo aanstekelijk sensueel aan het vrijen was dat Flip op een gegeven ogenblik zijn handen ook niet thuis kon houden…

'Mevrouw Damiaan!' Er werd op de deur geklopt.

Ze schrok wakker, vloog overeind.

'Het is tijd! We verzamelen in de hal.'

Na het bezoek aan de magistrale Santa Maria della Salute, de lichte ronde kerk gebouwd als zoenoffer aan het eind van een pestepidemie, waar de accountants aan Pieters welbespraakte lippen hingen, nam zij het voortouw. Het leek een processie: Betsy voorop, achter haar de accountants. Een oudere heer wekte de indruk dat hij grote moeite had niet om te vallen, de parkinsondame greep met wankele pas haar partner bij de arm en de man met de nordic-walkingstokken deed zijn best de trappen en bruggen onder de knie te krijgen. Pieter sloot de rij, zodat er niemand verloren ging.

Het Guggenheimmuseum was een schot in de roos. Betsy dacht met heimwee aan de jaren zestig, aan haar eerste bezoek hier, toen de erfgename van het immense Guggenheimkapitaal, Peggy, nog zelf de entreebiljetten afscheurde. De grote vrouw met het helblond gebleekte jongensachtige kapsel, die in haar eigen huis een oog in het zeil hield vanwege al die toeristen die zich vergaapten aan haar spullen!

De accountants sprongen als vlooien door het museum, de digitale fotoapparaten in de aanslag, ze genoten!

Betsy voelde zich steeds meer opgelucht. Het ging goed. In een opwelling riep ze: 'Ik trakteer jullie allemaal op een Bellini bij Harry's Bar! Om Venetië te vieren!'

Pieter keek kritisch. 'Mevrouw Damiaan, weet u wel wat u zegt? Dat kost een vermogen!' zei hij zachtjes. Maar Betsy werd een beetje euforisch, het oude Venetiëgevoel nam bezit van haar, het leven werd weer even een feestje!

'Wat is een Bellini?' vroeg de parkinsondame.

'O, dat is zo heerlijk. Vers sap van witte perziken in ijskoude *prosecco*, heel licht!'

Ze dacht aan de vakantiemiddagen waarop het

nooit meer ophield te regenen en Flip en zij zich in Harry's Bar bedronken.

Nadat iedereen zich in de museumwinkel had uitgeleefd riep zij baldadig: 'Volgen jullie mij, ik weet de weg!'

Ze zette er flink de pas in, de zorg voor de langzame wandelaars bij Pieter leggend.

Toen ze bijna in galop met de licht hijgende accountants in haar kielzog de brug van de Accademia besteeg, en boven aangekomen links en rechts het namiddaglicht over het Canal Grande zag strijken, voelde ze zich bijna gelukkig. En verdomd, er leek iets van herkenning op het gezicht van signore Cipriani van Harry's Bar te verschijnen toen ze struikelend van opwinding de klapdeurtjes door stapte en met een weids gebaar Bellini's 'per tutti prego!' bestelde. Dat deed haar goed. De trip zou een succes worden. Zij kende Venetië!

Zelfs de 475 euro die ze moest afrekenen voor zesendertig Bellini's (hadden ze er nu allemaal twee gedronken…?), ongeveer de helft van haar honorarium, waren niet in staat haar rooskleurige stemming te verpesten.

Maar de tweede dag verliep stroef. Torcello bleek in de tien jaar van haar afwezigheid definitief tot een toeristenfuik te zijn verworden. De Locanda Cipriani, waarvan ze hoog had opgegeven, was gesloten. De Byzantijnse basiliek riep bij de accountants nog wel bewonderende oh's en ah's op, maar toen ze in een overvolle boot Torcello verlieten en naar Murano voeren, waar ze te laat arriveerden voor het bezichtigen van de glasblazerijen, begon de vrolijke stemming te zakken.

'Vanavond hebt u vrij!' riep Pieter opgewekt, na overleg met Betsy.

'En waar moeten wij nou eten? U kent Venetië toch zo goed?' riep de vrouw van een accountant die zich onderscheidde door het dragen van een buitengewoon flamboyante sjaal. Betsy voelde zich aangevallen, gezamenlijke maaltijden stonden niet op het programma, iedereen mocht zijn eigen pizzeria opzoeken. Pieter sprong voor haar in de bres. 'Op het Lido zijn langs de hoofdweg een aantal uitstekende, eenvoudige restaurants.'

'Morgen,' zei ze, toen ze met Pieter een bordje spaghetti nuttigde, 'op het kerkhof, dat wordt interessant. Cultureel gezien.'

'San Michele,' antwoordde hij, 'tja, ik ga daar met mijn reizigers nooit naartoe. Ik ben benieuwd.'

'Hier ligt Stravinsky,' begon Betsy enthousiast en stortte haar kennis van de componist over haar gehoor uit, gelardeerd met vrolijke anekdotes. Pieter belichtte de dichter Brodsky, waarna zij Ezra Pound voor haar rekening nam.

Nu kwam het hoogtepunt van dit kerkhofbezoek, het graf van de weduwe van Douwes Dekker, de vrouw die het vertikte van de schrijver te scheiden. Betsy had 's ochtends twee flessen prosecco gekocht en een aantal papieren bekertjes.

'Dit graf,' sprak ze met stemverheffing, 'is heel lang verwaarloosd. Een vrouw maakte het af en toe schoon met een tandenborstel. Maar de Multatulistichting heeft een klein fonds gesticht en nu wordt het, weliswaar bescheiden, onderhouden.'

Ze wilde nog meer vertellen, maar een van de accountants riep luid: 'Zeg, luister es! Ik ben toch niet naar Venetië gekomen om een hele middag op een kerkhof te staan!'

Betsy negeerde de opmerking en besloot dan nu maar de prosecco in te schenken en op de nagedachtenis van de grote schrijver en zijn wettige echtgenote te drinken. De prosecco was lauw geworden, volkomen ongeïnteresseerd in de vaderlandse literatuur dronk het gezelschap beleefd een slokje, waarna het Betsy passend leek de rest van het vocht plechtig over het graf uit te schenken.

'We moeten hier weg,' fluisterde Pieter haar toe, 'ze waarderen het niet!'

Er werd gemord. Het gezelschap viel uiteen, er ontstonden kleine groepjes, waarin men met elkaar smoesde. Pieter deed professioneel pogingen de homogeniteit te herstellen. Zonder resultaat.

Betsy verlangde hevig naar huis. Naar haar sommen. Die ze niet meer mocht maken.

De laatste dag besloot Pieter dat het beter was wanneer zij de taken verdeelden. Er was gemopperd, er waren klachten dat ze nog niet naar het Dogenpaleis of de Basiliek waren geweest. Een gemis. Waarop Betsy zes accountants meenam om de Longhi's in de Accademia te bezichtigen en Pieter de Scala d'Oro en de Brug der Zuchten en het Dogenpaleis voor zijn rekening nam.

Toen de terugreis werd aanvaard, was de stemming ronduit koel.

En toen Betsy op Schiphol bij de al lopende bagageband probeerde een beetje gezellig afscheid van iedereen te nemen, werd ze verrast door een warme handdruk van de echtgenoot van de parkinsonpatiënte.

Een warme handdruk met daarin tien euro.

20

Na geruime tijd aarzelen had Ferenc eindelijk genoeg moed bij elkaar geraapt om het tuinpad van Nars op te lopen en aan te bellen. Hij had op afstand onopvallend gesurveilleerd en net zo lang gewacht tot Jenny met de lege Albert Heijntassen aan de arm het huis had verlaten en was weggereden om boodschappen te gaan doen in het nabijgelegen grote dorp.

Er werd niet meteen opengedaan. Pas op het ogenblik dat hij besloot een tweede keer aan te bellen deed Nars open.

'Hallo buurman.' Ferenc noemde iedereen buurman.

'Hallo Gabor.'

Wat moest die Hongaar op dit uur van de dag.

'Kan ik even binnenkomen? De dingesz…'

'Jaja, kom verder.' Nars maakte een uitnodigend gebaar en liet Ferenc binnen. 'Wat kan ik voor je betekenen?'

Ja, wat moest hij zeggen? Ferenc bedacht koortsachtig een smoes. 'De maaimachine, de dingesz… misschien moet er een nieuwe komen.'

Verwonderd keek Nars hem aan. 'De maaimachine? Maar die doet het toch uitstekend?'

'Sorry.' Stom. Hij was in de war. Hoe kwam hij er nou bij om over de maaimachine te beginnen? Ooit had Jenny hem gevraagd hoe zij de motor moest doorsmeren. Dat had hij voor haar gedaan, maar verder had hij nooit iets met deze maaimachine van doen gehad.

Rare man, dacht Nars. 'Wil je koffie?'

'Nee. Geen koffie. Bedankt.'

Na zijn stomme opmerking over de maaimachine besloot Ferenc recht op zijn doel af te gaan. 'Buurman, ik heb de man gezien in de auto. Hij wachtte. Hij wachtte op een vrouw die bij jou dingesz… binnen was. Jij hebt die vrouw laten komen.'

Jezusmina, wat kregen we nou? Nars ging rechtop zitten. Wat bedoelde de Hongaar in 's hemelsnaam?

'Jouw vrouw, Jenny, was niet thuis.'

'Maar…'

Nars liep vuurrood aan. 'Wat zou dat?'

'Jouw vrouw… Zij weet niks van die vrouw.'

'Ja hoor. Dat was een kennis.' Nars wist zich geen raad.

'Jaja, natuurlijk. Een kennis. Daarom moest die dingesz… die vent in die auto voor de deur wachten.'

Ongemakkelijk stond Nars op, in het nauw gedreven. 'Wil je een biertje?'

'Ja, lekker. Een koud biertje. Dat praat beter.

Makkelijker. Over de dingesz.'

Ineens had Nars er genoeg van. Hij draaide zich een kwartslag om en keek Ferenc recht in zijn gezicht. 'Wat bedoel jij, man? Wat probeer jij mij te zeggen?'

Waarop Ferenc gewoon zei waar het op stond. 'Ik wil wel mijn mond houden. Jenny moet de dingesz… zij moet maar niet weten van de dingesz… de vrouw. Die hier was. Hele avond. Dat zou niet goed zijn voor jou.'

Nars rilde. Afpersing. Je las er wel eens over. Bij *Opsporing verzocht* had hij wel eens een geval gezien. Hij moest die vent er eigenlijk uit zetten. De politie bellen. Maar dan zou alles aan het licht komen. Jenny… Hij voelde zijn litteken steken.

'Wat wil je van mij, Ferenc?'

'Ik wil geld. Dan zeg ik niks. Dan ben ik een gesloten… dingesz, boek. Jenny zal niks horen, beter voor haar. En voor jou!'

Nars dacht na. Hij keek op de klok. Jenny bleef nog minstens een uur weg. Wat kon hij doen? 'Hoeveel moet je hebben?'

Kippenvel kroop langs zijn dijen omhoog.

'Laten we beginnen met eh… dingesz… vijfhonderd euro.'

Nars begon te zweten, zijn handen werden vochtig. Vijfhonderd euro. De spaarrekening. De centjes voor de nieuwe bungalowtent. Tweeduizend euro hadden ze gespaard.

Vijfhonderd euro. Daar had hij Trix ook een

paar keer voor kunnen laten komen. Vijfhonderd euro…

'Goed,' zei hij zacht. Wat een rat zat hier tegenover hem. Maar ja, hij had zelf ook een scheve schaats gereden. Zijn schuldgevoel groeide in zijn maag als een dikke zwam. Hij moest boeten.

'Wanneer… ik bedoel, hoe moet ik dat doen?'

'De dingesz… in envelop. En niet groter dan vijftigeurobiljetten. Tien maal. Gooi maar in mijn brievenbus. Staat aan het begin van het pad naar mijn… dingesz, caravan. Jouw vrouw zal niets vernemen van dit alles. Beter voor jouw naam.'

'Mijn naam,' herhaalde Nars somber.

'Ik nu maar gaan. Voor jouw vrouw terugkomt. Anders moet jij veel uitleggen.'

Ferenc stond op, Nars ook. Hij kneep zijn ogen tot spleetjes. Eigenlijk zou hij die klootzak een dreun moeten verkopen, neerslaan, vastbinden, de politie bellen. Hij balde zijn vochtige handen tot vuisten, kneep zijn knokkels wit.

Maar dan zou Jenny thuiskomen. Hoe moest hij haar dit alles uitleggen?

'Oprotten jij!' siste hij tussen zijn tanden. 'Wegwezen!'

'Morgen,' zei Ferenc, terwijl hij als een scharende krab schuin achteruitlopend de terugtocht inzette, 'morgen jij envelop in mijn… dingesz… bus stoppen. Tussen twaalf en vier. In mijn bus.'

'Weg!'

'Prettige avond!' Ferenc schoot naar de voordeur, rukte hem open. Weg was hij, Nars in machteloze razernij achterlatend.

21

Godlof! Eindelijk lag Betsy veilig in haar eigen warme bed. Ze rilde van de koorts. Ook nog kougevat. Ze voelde het bloed kloppen tegen haar schedeldak. Ze moest iets drinken, paracetamol innemen, niet de nacht in gaan met die oplopende verhoging.

Ze sloeg haar benen over de rand van het bed, tastte naar het lichtknopje van de leeslamp en zocht met haar voeten op de tast haar sloffen. Ze wankelde naar de keuken, zette water op en schonk een flinke scheut cognac in een glas. Jezus, wat voelde ze zich beroerd. Met de grootste moeite bereidde ze een grog, spoelde de paracetamol weg en sukkelde met het glas hete drank terug naar de slaapkamer, naar haar bed.

De telefoon rinkelde. Het was Fien, die zich enigszins verantwoordelijk voelde voor Betsy's slechte ervaringen. Ze probeerde haar op te vrolijken: 'In het voorjaar neem ik je nog eens mee naar Venetië, zonder gepensioneerde accountants. Dan mag je mij die heerlijke stad laten zien. Ik ben dol op kerkhoven!'

Maar Betsy kon er niet om lachen, daarvoor was de afgang te pijnlijk geweest.

'Sorry Fien, maar ik voel me beroerd. Ik denk dat ik een flinke kou heb gevat. We bellen nog wel.'

Daar lag ze en dacht vol weemoed aan haar verloren baan. Ze miste de prettige spanning van de deadline die moest worden gehaald en de stress die het op tijd inleveren van de sommen met zich meebracht. Sinds ze terug was van die heilloze trip naar Venetië bedacht ze voortdurend de mooiste sommen. Nu ook. Nu ze hier zo koortsig lag kwamen ze onafgebroken haar hersenpan binnen. Ze moest ze toch maar opschrijven. Misschien leuk om ze nog eens op haar kleinkinderen uit te proberen.

Ze scharrelde weer uit bed, greep het blocnoteje dat altijd klaarlag en de balpen en op de rand van haar bed begon ze in grote haast te schrijven. In onregelmatige hanenpoten vlogen rijen getallen op het papier. Haar door koortszweet vochtige handen maakten blauwe inktvlekken op de cijfers. Zo schreef ze haar invallen neer, tot ze uitgeput stopte.

Ze knipte de lamp uit, liet zich op haar bed achterovervallen. De zelfkwelling van het herkauwen van de narigheid van de voorbije week nam weer een aanvang. Hoe zij met de hulp van de vriendelijke Pieter had geprobeerd alle toeristenclichés te vermijden door oorspronkelijke uitstapjes te bedenken.

Na de teleurstellende tocht naar Torcello waren

ze naar het ernaast gelegen kantkloseiland Burano gevaren, waar ze had gehoopt de wat knorrige stemming bij de groep te verbeteren door in het eerste restaurant dat er goed uitzag tafels te reserveren voor de lunch. Na de financiële aderlating in Harry's Bar gooide ze er nog drie flessen witte wijn tegenaan. Het mocht niet baten. Vijf leden van de groep besloten door te lopen. Ze versmaadden de heerlijke vis *alla griglia* en gingen zelfstandig op zoek naar goedkope borden spaghetti.

Terwijl Pieter de bestellingen van iedereen doorgaf aan de ober, werd er op horloges gekeken en geroepen: 'We moeten opschieten! Anders zijn de ovens van de glasblazers op Murano gesloten!'

Ze kregen gelijk. Meer gemopper richting reisleidster. Luid opscheppen over de vorige reis, naar Sint Petersburg, waar ze een geweldige gids hadden gehad, werkelijk geweldig!

En de bittere teleurstelling die ze had gevoeld toen ze gepassioneerd had staan oreren bij het graf van de vrouw van Multatuli en die horken van accountants dat zo bot en liefdeloos hadden gesaboteerd. Ze schoot alsnog in een zenuwachtige slappe lach toen ze dacht aan de verbijsterde gezichten van het reisgezelschap toen ze rondging met de kartonnen bekertjes lauwe prosecco. En aan Pieter, die haar oorspronkelijke plan om na het bezoek aan San Michele ook nog een bezoek te brengen aan de Joodse begraafplaats voorzichtig had afgekeurd.

'Betsy, overkill is ook *kill*. Dit is geen tripje voor necrofielen. Zelf heb ik nog nooit een groep naar San Michele gebracht, tenzij ze beslist het graf van Stravinsky wilden zien. Laat die Joodse begraafplaats nou maar zitten. Het oude Ghetto, dat is daarentegen weer wel aantrekkelijk. Denk je ook niet?'

Ze luisterde naar hem; hij was per slot van rekening de expert.

De paracetamol deed zijn werk. Na veel woelen en draaien zakte ze weg in een onrustige slaap.

22

'Een koffie graag!'

Warner sloeg zich de handen warm op zijn rug, op de manier van ouderwetse koetsiers.

'Koud! Waterkoud! Je kan beter gewoon vriesweer hebben dan die natte rotkou, die door alles heen dringt!'

Dorien wrong haar sopdoek uit boven de emmer, droogde haar handen en liep naar de koffiemachine. 'Wat ben je vroeg, Warner. Je bent de eerste, het is nog maar net negen uur.'

Hete stoom kwam uit het apparaat, schuimend spoot de koffie in de kop.

'Te koud om te spitten. De grond is nog hard van de vorst van vorige week.'

Warner gooide klontjes suiker in zijn koffie. Dorien maakte voor zichzelf ook een kop koffie.

'Het hele dorp weet het nou wel zo'n beetje.'

Ouwehoer, dacht Dorien. Maar ze zei: 'Geen wonder als jij het overal rondvertelt. Dat arme mens. Je bent net een oud wijf, Warner. Je vindt het gewoon lekker om te kletsen!'

'Eigen schuld, dikke bult. Moet je maar niet een hoer bij je thuis bestellen als je vrouw ergens anders met stervensbegeleiding bezig is.'

'Toch vind ik het rot als Jenny zo te kakken wordt gezet.' Dorien roerde verwoed in haar koffie. 'En nou moet je ophouden met dat geklets. Dat verhaal gaat een eigen leven leiden, dat is niet goed. En bovendien, wat weet je d'r eigenlijk van?'

'Genoeg! Ik heb er met m'n neus bovenop gestaan, met de baas van die snol gepraat. Het is gewoon de waarheid.'

'Zal best. Maar hou d'r nou over op!' Dorien werd kwaad. Bovendien had ze met Jenny te doen. 'Mannen!' zei ze, haar lege kopje onder de kraan schoonspoelend. 'Allemaal boter op hun hoofd!'

Ze hoorde Harms sloffende stappen naar beneden komen. De deur naar het café kierde open. 'Goeiemorgen.' Hij liep naar de tap en schonk zichzelf een biertje. 'Effe de nacht wegspoelen.'

Met gulzige slokken dronk hij bijna het hele glas in één keer leeg, het schuim met de achterkant van zijn hand wegvegend.

'Zo. Moet jij geen graven delven?'

'De grond is te hard. Geef mij nog maar 'n bakkie.'

'Dorien!'

Harm brulde naar zijn vrouw, die in de keuken achter het café was verdwenen. 'Warner wil nog koffie!'

'Maak jij het effe voor 'm. Ik ga boodschappen doen.' Ze had geen zin om te luisteren naar het ouwehoergesprek dat nu ongetwijfeld tussen Harm en Warner zou opbloeien. Ze schoot haar warme winterjas met het bontkraagje aan, trok de wollen muts over haar oren.

'Dag jongens!' Ze schoot met de boodschappentas aan haar arm langs de kerels heen, vlug, zodat Harm geen bevelen meer kon afvuren.

'Hoe laat ben je terug?' schreeuwde deze haar na. Nou liet ze hem weer voor het werk opdraaien, verdomme! Maar Dorien gaf geen antwoord. Ze had helemaal geen zin zich te verantwoorden tegenover Harm. Als er een was die zijn afspraken niet serieus nam, was hij het wel.

In haar haast buiten het bereik van haar echtgenoot te raken stuiterde ze de stoep voor De Ploeg af, waarbij ze bijna frontaal op Nars Schuurman botste.

'Sorry,' zeiden ze tegelijk.

'Geen pijn gedaan?' vroeg Nars beleefd.

'Nee hoor.' Dorien wreef haar knie.

Maar zowel Nars als zij had haast. Nars zei nogmaals 'Sorry' en liep met grote passen door. Dorien liep de andere kant uit, naar haar fiets, die in het grote fietsenrek van het café stond. Ze bukte zich om het slot van haar fiets los te maken. Toen ze overeind kwam zag ze Nars met gebogen rug de straat uit snellen. Ze schudde haar hoofd, had met hem te doen. Wat een sukkel was het toch. Ze kende hem en zijn vrouw al jaren. Ze mocht vooral Jenny graag, van Nars kon ze niet goed hoogte krijgen.

'Je moet toch wel erg omhoog zitten,' mompelde ze, terwijl ze opstapte en richting supermarkt fietste, 'om zo'n vrouw te laten komen. Wat een armoe.'

Haar eigen huwelijk had nog steeds sappige momenten, hoewel ze voor Harm wat de huwelijkstrouw betreft zeker haar hand niet in het vuur durfde steken. Maar zolang hij het maar een beetje netjes buiten de deur hield en ze van niks wist, verdiepte Dorien zich er maar niet te veel in. Het was niet zo moeilijk om een huwelijk zuur te maken, kapot te laten lopen. Ze dacht aan wat haar moeder zaliger placht te zeggen: 'Wanneer er vroeger een gat in je sokken zat, stopte je dat netjes. Tegenwoordig gooi je ze weg. Net als die huwelijken van tegenwoordig!'

Goeie god, daar had je Jenny ook nog!

Dorien probeerde door de verste tourniquet de supermarkt binnen te gaan, maar Jenny had haar gezien en kwam blijmoedig op haar afstappen.

'Ha Dorien! Hoe gaat het met jou? Ik ben maar drie weken weg geweest, maar het lijken wel jaren!'

Ze heeft helemaal niks in de gaten, dacht Dorien, en dat moet maar zo blijven.

'Hoi Jenny,' zei ze vriendelijk, 'is de ellende achter de rug?'

Jenny's gezicht betrok. ''t Was zo verdrietig. Maar ik ben zo blij dat ik tot het allerlaatst heb kunnen blijven.'

'Je bent een goeie meid. Maar ik kan niet lang met je praten, Jenny, er wordt op me gewacht. Kom maar vlug eens een bakkie bij me halen.'

Dorien vond het te pijnlijk om met Jenny te babbelen terwijl ze wist dat zij achter haar rug door het hele dorp werd uitgelachen. Beschaamd maakte ze zich uit de voeten, liep als een kip zonder kop de winkel in, weg van Jenny, die haar beteuterd nakeek.

23

Betsy werd wakker in een draaimolen. Ze opende haar ogen en deed ze snel weer dicht. Het maakte geen verschil. De draaimolen draaide door in een solide, maatvast tempo.

Ze ging overeind zitten. De draaimolen trok zich niets van haar veranderde positie aan, zodat ze maar weer ging liggen.

Wat nu? Ondanks de mallemolen waar ze in terecht was gekomen kon ze helder denken.

Ineens schoot ze angstig overeind. De haken op de deur. Als ze buiten kennis zou raken kon niemand haar huis in. Geen hond kon door die beveiliging heen breken zonder zich op z'n minst van een breekijzer te bedienen. Ze had over het hoofd gezien dat wanneer haar iets zou overkomen, niemand van buitenaf haar kon bereiken.

Onthutst overwoog Betsy wat te doen. Want vóór alles moesten die haken van de deur.

Ze liet zich op haar knieën uit bed zakken. De draaimolen veranderde nu in een draaikolk. Hoe kwam ze in godsnaam bij de deur?

Eerst de trap af.

Ze probeerde de slaapkamer uit te kruipen.

Moeizaam scharrelde ze op haar knieën naar de deur. Ze voelde zich zo beroerd dat ze af en toe even languit ging liggen. En dan weer in een soort onbeholpen tijgersluipgang voorzichtig verder.

Eindelijk arriveerde ze boven aan de trap. De telefoon ging twee keer. Ze hoorde haar eigen antwoordapparaat vrolijk antwoorden: 'Ik ben even weg. Spreek uw boodschap in na de piep-toon.'

Nu naar beneden. Ze manoeuvreerde haar benen zo goed en zo kwaad als het ging op de treden en zo probeerde ze, zittend op haar billen, tree voor tree naar beneden te zakken. Maar bij de vierde tree gleed ze weg en denderde hortend en stotend naar beneden, om totaal verwezen met een klap onder aan de trap te belanden.

De draaikolk trok zich nergens iets van aan. Ze begon eraan te wennen, temeer daar haar denk-vermogen intact bleef. Dat was geruststellend.

Na te zijn bekomen van de smak krabbelde ze verder naar de voordeur. Toen ze met inzet van al haar krachten probeerde overeind te komen bleef haar flanellen nachtpon haken aan de paraplubak en scheurde.

Ze klampte zich vast aan de ronde deurknop en probeerde met een hand naar de bovenste haak te reiken... nog iets hoger... Ja, gelukt! De haak schoot naar beneden.

Uitgeput liet ze zich languit op de grond vallen.

Ze hoorde de kleine klok in de huiskamer twaalf uur slaan. Zo kort had ze maar geslapen. De nacht was nauwelijks aangebroken. Dat betekende dat het nog tot een uur of zeven zou duren voor de bezorger van *de Volkskrant* langs zou komen en ze alarm kon slaan.

Ze kon hier niet zo blijven liggen. Voor ze naar bed ging had ze de thermostaat van de verwarming op achttien graden gezet. Er was nachtvorst voorspeld. Wanneer ze zo bleef liggen zou ze doodziek worden.

Doodziek. Dood. Wanneer niemand haar zou vinden zou ze hier verkommeren, buiten bewustzijn raken. Als de vorst zou doorzetten zou ze hier in haar eigen huis hartstikke doodvriezen.

Ze werd vervuld van groot zelfmedelijden, zag de koppen in de krant voor zich: 'Oude vrouw dood achter deur van eigen huis gevonden.' Ze hoorde haar dochter al: 'Wat hebben we je voorspeld?'

Ondanks de uitzichtloosheid van de situatie giechelde Betsy in zichzelf. Ze draaide zich op haar zij, rolde om en begon weer aan de tijgersluipgang, nu in de richting van de kamer, richting telefoon, richting hulp.

Het was vier uur toen ze zich ophees aan de bank en de telefoon van het tafeltje ernaast kon pakken. Ze draaide het nummer van haar zoon. Goddank stond zijn telefoon niet op het antwoordapparaat. Daar was Hudson.

'Hallo,' klonk het slaapdronken.

'Hudson? Ik ben het, Betsy. Ik ben ziek. Ik weet niet wat…'

'Lieve schat, ik kom naar je toe. Niet bang zijn, ik kom eraan.'

Met een diepe zucht liet Betsy zich op de bank achteroverzakken.

De draaimolen gooide er nog een schepje bovenop en tolde vrolijk verder.

24

Met het hoofd in de handen zat Nars op de bank.

Het geld was op, de spaarrekening kaalgeplukt.

Ferenc bleef aandringen.

'Je weet wat de dingesz... wat er gaat gebeuren. Je vrouw...'

Jenny wist van niks. Na het vreemde drankgelag op de avond van haar thuiskomst had ze zich al vlug hersteld van het verdriet over de dood van haar vriendin. Waar Nars bang voor was geweest, gebeurde. Ze stortte zich met volledige overgave op het vertroetelen van haar man. Die steeds zwijgzamer en somberder werd.

Het dorp smiespelde en kletste achter Jenny's rug. Jenny miste iedere intuïtie voor wat men over haar dacht. Hoofden draaiden zich van haar af wanneer zij in het zicht kwam. Buurvrouwen maakten zich uit de voeten of hielden het kort. Ze had het niet door. Het enige waar ze zich zorgen om maakte was de toestand van haar zwijgzame, sombere Nars.

Ze sprak er met een buurvrouw over.

'Sinds ik terug ben... ik weet het niet... hij zal toch niks onder de leden hebben?'

Waarop de buurvrouw snel van onderwerp veranderde en een smoes bedacht om door te kunnen lopen.

'Wat zou het toch met Nars zijn? Hij is toch te oud voor een midlifecrisis?' zei ze tegen de vrouw van de fietsenmaker. 'Hij eet zo slecht. En 's nachts ligt hij maar te woelen en te draaien.'

De vrouw van de fietsenmaker schudde haar hoofd. 'Heeft hij misschien iets te verbergen?' zei ze vals. Die Jenny had toch kippenstront in haar ogen. Wat een naïeve trut was het. Het hele dorp wist dat Nars buiten de pot had gepiest, behalve zijn eigen vrouw. Misschien moest ze het toch maar eens zeggen. Haar de ogen openen, want dat gemekker over die arme Nars, die zo somber was en zijn bord niet leegat, dat ging haar de keel uithangen.

'Jij zegt nou dat je man te oud is voor een midlifecrisis,' begon ze voorzichtig, 'maar sommige mannen krijgen dat ook wel eens heel laat in hun leven. En dan doen ze de raarste dingen. Ik weet van een geval...'

Jenny onderbrak haar. 'Nee hoor, dat zie je verkeerd. Ik denk dat het de nawerking van de narcose is. Hij heeft toch die operatie gehad? Nou, ik las laatst in de *Libelle* dat zo'n narcose nog wel een jaar later rare klachten kan geven!'

Onbegonnen werk, dacht Elly van de fietsenmaker, ze heeft haar oren en ogen vol stopverf. Ze wil het niet horen. En per slot van rekening was het niet háár taak om Jenny wijzer te maken.

'Ga er maar eens mee naar de dokter. Misschien krijgt hij wel een briefje voor de psycholoog.'

'Ja,' antwoordde Jenny peinzend, 'misschien is dat niet zo'n gek idee. Ik zal het eens bij hem aankaarten. In ieder geval bedankt voor je goeie raad.'

Spontaan gaf ze Elly een kus op haar wang.

Toen ze haar huis naderde zag ze een man uit de voordeur komen. Het was Gabor. Wat had die nou bij Nars te zoeken?

Ze reed haar fiets het hek door.

'Goeienavond,' zei ze vriendelijk, 'ga je net weg?'

'Dag Jenny,' zei Ferenc, 'ik moest even iets vragen over de… eh… dingesz, je weet wel. Een onderdeel voor de maaimachine. Maar Nars kon de dingesz… kon… had 't ook niet.'

'Da's jammer. Tot ziens dan maar.' Ze zette haar fiets op slot.

'Tot ziens Jenny.'

Weg was hij. Ze keek hem na.

Raar. Ze had hem altijd een rare man gevonden. En dat van die maaimachine… Het had geklonken als een smoes. Maar kom, vlug naar binnen. Een lekker kopje koffie voor haar mannetje zetten. En eens voorzichtig over een psycholoog beginnen. Goed idee van Elly.

Ze stak de sleutel in het slot en betrad haar huis.

25

'Vertigo,' zei de huisarts terwijl hij de stethoscoop in zijn tas opborg. 'Duidelijk.'

'Wat is dat?' vroeg Betsy, terwijl ze de draaimolen in haar hoofd probeerde te negeren, hetgeen niet lukte.

'Komt voor na een zware griep. Of bij uitputting.' De dokter stond op. 'Ik schrijf cinnarizine voor, en absolute rust.'

'Maar wat is het dan precies?'

Griep had ze niet. En uitputting…

'Het komt maar zelden voor. En er is weinig over bekend. Cinnarizine helpt wel een beetje, maar eigenlijk moet het met rust overgaan. Bel me morgenochtend, dan kunnen we zien of de pillen helpen.'

Hudson was binnengekomen. Over zijn arm had hij een handdoek.

'Wilt u uw handen wassen?' Hij wist werkelijk precies hoe het hoorde.

'Graag.' De dokter liep achter Hudson aan naar de badkamer, nadat hij haar een bemoedigend knikje had gegeven. 'Het beste.'

Betsy strekte zich uit en sloot haar ogen. Doodop werd ze van het geweld in haar hoofd. Op geen enkele manier viel eraan te ontkomen.

Ze hoorde Hudson praten met de dokter. Hij liet hem uit. Daarna kwam hij weer boven. Hij ging op het voeteneind van haar bed zitten.

'Ik ga eerst even die pillen halen. En dan ga ik een lekker soepje voor je maken. Je moet wel wat eten hoor, Betsje! Ik denk dat jij jezelf een beetje hebt verwaarloosd.'

Betsje. Haar schoonzoon gebruikte het koosnaampje van de kinderen.

Ze opende haar ogen en keek naar de donkere man, de man van haar zoon. Zijn kortgeknipte haar werd grijs.

Toen gebeurde er iets vreemds. Terwijl ze naar Hudson keek was het of er door hem heen een ander beeld optrok. Precies zo had ze, als kind in de donkere kamer van haar vader staand, gezien hoe de negatieven van de vakantiefoto's in het bad optrokken tot duidelijke beelden.

'Hudson,' stamelde ze. De beelden werden scherper. Door Hudson heen zag ze hem in de armen van een andere man. Twee mannen die de liefde bedreven in tedere omhelzing. Ze kneep haar ogen tot spleetjes, sloot ze, opende ze opnieuw. Het draaien in haar hoofd leek heviger te worden, de beelden scherper.

'Hudson!' zei ze weer. 'Hudson, ben jij trouw?'

Waarom vroeg ze dat?

'Hè?' zei Hudson in opperste verbazing. 'Hoe kom je daar nou bij?'

De beelden vervaagden. Hudson werd weer Hudson, alleen.

'Ik zie…' zei ze verward, 'ik dacht eh… jij… met een ander… een andere man.'

'Voor het soort man dat ik ben, ben ik heel trouw,' zei Hudson. 'Maar soms val ik wel eens ergens anders in slaap. Als je dat soms bedoelt.' Hij lachte zijn hartelijke lach, boog zich naar haar over en kuste haar op de wang. 'Betsje, jij gaat nu proberen een beetje te slapen. Uitputting, zei de dokter. Ik denk dat hij gelijk heeft. Volgens mij ben je bekaf van dat rare Venetiëavontuur. Ik ga naar de apotheek. En als ik terugkom neem jij je pil en ga ik lekker voor je zorgen.'

Het klonk erg geruststellend. Ze hoorde hem de trap af gaan. Hij neuriede. Hij zorgde voor haar. Wat een schoonzoon. Ook al viel hij wel eens ergens anders in slaap.

26

Ferenc werd wakker onder een deken waarboven zijn adem bevroor.

In de caravan had de gevelkachel het begeven. De butagasfles was leeg.

Huiverend sloeg hij de dekens terug, schoot zijn kleren aan om te ontdekken dat hij ook geen koffie kon maken.

'Verdamd,' mompelde hij terwijl hij de knip van de deur schoof, een das omsloeg en naar buiten ging om een nieuwe fles gas te pakken. Zodra die was aangesloten, de kachel brandde en de koffie pruttelde verbeterde zijn humeur. Hij wreef zijn handen warm en pakte een stapeltje dicht beschreven vellen papier.

'Vierendertig nummers... vierendertig... meer dan genoeg voor de dingesz... de demo.'

Liefdevol bladerde hij door de teksten, mompelde in zijn moedertaal voor zich uit: 'Tulipán... punca torta... Csipke.'

Hij drukte het bundeltje tegen zijn borst: 'Arégie hárfa... arégie hárfa. Eindelijk zal ik laten horen wat ik kan.' Zo walste hij rond in de kleine ruimte. Daarna kuste hij het papier en legde het stapeltje zorgvuldig onder twee dikke boeken.

Hij zette scheerwater op, gooide een plastic bak vol en begon zich in te zepen. Hij maakte veel werk van het scheren, ouderwets met kwast en scheermes. Toen hij klaar was streek hij tevreden over zijn gladde kin.

Hij keek op zijn horloge. Kwart voor tien. Ieder ogenblik kon zijn bezoek arriveren.

Er werd geklopt. Ferenc opende de deur van de caravan.

Nars stond voor de deur. Hij zag grauw.

'Kom binnen. Jij komt mij de dingesz… de geld brengen.'

Nars klom naar binnen.

'Ga zitten.' Ferenc deed joviaal.

'Nee. Ik ga niet zitten. Ik heb een slechte mededeling voor je. Ik heb het geld niet.'

Ferenc verstrakte.

'Dat is niet goed. Jij moet zorgen dat jij het geld krijgt. Anders… Je weet… de dingesz…'

'Ik zal proberen het te lenen. Geef me nog een dag.'

Ferenc zweeg, liet Nars zweten.

Zo stonden de mannen tegenover elkaar.

Eindelijk deed Ferenc zijn mond open: 'Goed. Eén dag. Maar anders… de dingesz…'

Nars zei niets meer. Hij rukte de deur open en stapte zonder groet naar buiten.

'Godverdegodverdegodver.' Vloekend liep hij weg.

Hij was ten einde raad.

27

Langzaam, heel langzaam deden de pillen hun werk.

De draaimolen werd trager en trager, stopte af en toe om bij een onverhoedse beweging weer vrolijk te starten. Maar toch, er zat vooruitgang in haar toestand.

Hudson had het op zich genomen zijn schoonmoeder te verzorgen. Betsy liet het zich aanleunen. Haar dochter had het te druk met huishouden en kinderen en haar zoon kwam niet in aanmerking, zodat Hudson zijn zorgtalent op haar kon uitleven. Hij vertroetelde haar of ze zijn eigen moeder was en daarnaast was hij buitengewoon onderhoudend met de verhalen over zijn Surinaamse jeugd en de manier waarop hij eindelijk uit de kast kwam.

'Mijn moeder wist allang hoe het met mij zat. Maar ik had in mijn kop gezet haar gelukkig te maken met een schoondochter en veel kleinkinderen. Iedere keer dat ik met een nieuw meisje thuiskwam schudde zij haar hoofd. En dan begon ze dat meisje te bewerken: "Zou je dat nou wel doen met mijn zoon?" zei ze ijskoud. "Dat is toch geen man voor jou!" Die meisjes keken daar raar van op, dat hadden ze nog niet meegemaakt. Maar ze had gewoon gelijk. En ik rommelde natuurlijk allang met de mannen.'

'Hoe is dat toen goed gekomen?'

'Ik werd vreselijk verliefd op een bloedmooie piepjonge marineofficier. Beeldig was hij. God, wat had ik het te pakken. Ik nam hem ook maar mee naar huis. Nou, toen had je m'n moeder moeten zien. Ze ging voor dat kind haar best doen. Heel grappig. Ze zag gewoon dat ik gelukkig was. Moeders... heel speciaal soort vrouwen.'

Ze dacht aan de dag dat het haar duidelijk werd dat haar zoon voor de mannen koos. Ook zij had het altijd best gevonden. En Flip was er ook niet door van slag geraakt. Alleen toen het op trouwen aankwam, had ze een mentale hobbel moeten nemen. Maar Hudson had alle resten van vooroordelen weggenomen. Ze hield van hem of hij haar eigen kind was.

'Betsje, je moet naar bed voor je dutje!' Hij was meedogenloos wat haar rust betrof. 'Doktersvoorschrift! Je was uitgeput. Profiteer van mijn vakantiedagen. We gaan dit jaar toch niet weg.'

Ze kroop maar weer in bed. De draaimolen was weg. Met gesloten ogen luisterde ze naar Hudsons gerommel beneden in de keuken.

'Ik bak een appeltaart voor vanavond. Jan komt ook eten. Lekker!'

Best. Alles was best. Ze ontspande totaal.

Toen doemde er een negatief in haar hoofd op. Een negatief dat langzaam optrok en veranderde in duidelijke contouren. Betsy hield haar adem in. Ferenc. De grasmaaier. Zijn opgeheven arm kwam steeds maar neer op een andere man. Die man… dat was de vroegere spoorwegwachter. Nars. Nars Schuurman. Ferenc Gabor sloeg met harde hand op Nars in.

Betsy onderdrukte een kreet van afschuw door haar hand voor haar mond te slaan, maar het was zo'n ijselijk geluid dat Hudson de trap op vloog.

'Betsje! Wat is er in godsnaam? Heb je pijn?'

Ze zat geschrokken recht overeind. Met verwilderde ogen keek ze Hudson aan. 'Het is afschuwelijk. Er wordt iemand geslagen. Twee mannen…'

'Moet ik de dokter bellen?' vroeg Hudson, die ook schrok van de ontdane uitdrukking op Betsy's gezicht.

'Neenee… het trekt al weg. Maar waarom… waarom moet ik dat zien? Wat heb ik met die mannen te maken? Ik ken ze nauwelijks!'

Ze kon toch moeilijk aan Hudson vertellen dat de eerste keer dat dit verschijnsel zich aan haar voordeed, het over een buitenechtelijke escapade van hem ging. Bovendien had hij zo intens charmant luchtig toegegeven dat ze gelijk had, dat ze er verder niet meer bij had nagedacht. Maar dat het een juist beeld was geweest… dat had Hudson zelf bevestigd.

Ze liet zich weer in de kussens zakken. 'Misschien moet ik iemand waarschuwen. Misschien is het een teken…'

'Kom Betsje, je bent echt een beetje overspannen. Luister jij alsjeblieft naar de dokter. En naar mij. Rust. Dat is het enige op dit ogenblik.'

Ze liet zich geruststellen. Voor dit ogenblik.

28

'Alsjeblieft! Ik weet me geen raad… als jij me niet helpt, dan…'

Groen zag hij. Dorien keek weg van het vertrokken gezicht van Nars.

'Waarom ga je niet naar de politie? Afpersing… dat is strafbaar.'

'Dat kan niet… ik kan niet zeggen wie het is…'

'Maar je durft wel aan mij vijfhonderd euro te vragen. Daar zit je niet mee!'

Dorien werd kwaad. Wat een ongelofelijk slappe zak was die Nars.

'Ik wil niet dat Jenny erachter komt.'

'Misschien moet je het haar gewoon vertellen. Dan ben je meteen van de hele rotzooi af.'

'Nee, dat kan ik niet. Jenny… ik maak haar kapot… Dat kan ik haar niet aandoen!'

'Je hébt het haar al aangedaan.' Sukkel, had ze er nog achteraan willen zeggen. 'Trouwens, het hele dorp weet het. Iedereen lult erover. Dus kan je het net zo goed vertellen, ze hoort het tóch wel. En het is nog veel erger wanneer ze het van een vreemde hoort.'

'Ik durf niet. M'n huwelijk…'

'Nou, dat huwelijk van jou stelt dan ook niks voor! En wie is dan toch die klootzak die jou afperst?'

'Dat kan ik niet zeggen. Dat wil ik ook niet zeggen.'

Dorien hoorde haar man de trap af stommelen. Vlug schonk ze Nars een kop koffie in, beducht voor Harms nieuwsgierige vragen.

'Goeiemorgen!' Luid en vrolijk kwam de kroegbaas de zaak in. 'Hé Schuurman! Wat voert jou op deze klok hierheen!'

'Ik… eh… ik ben naar de tandarts geweest… eh… ik had een koppie koffie nodig.'

'Ik dacht al… Schuurman is nou niet bepaald een kroegloper. En dan ook nog op dit uur. Een mens heeft amper z'n ogen open! Zo schat' – Harm verlegde zijn aandacht naar Dorien – 'schenk mij ook maar eens een lekker bakkie in. Gaan m'n luiken een beetje verder open!'

Hij gaf zijn vrouw een gemoedelijke mep op haar achterste en zoende haar luidruchtig in haar hals. 'Wat ruik je toch altijd lekker. Warm beest!'

Dorien schurkte behaaglijk haar schouders. Dit waren de goeie ogenblikken in haar huwelijk, de ogenblikken waarop ze wist dat ze bij Harm hoorde. En hij bij haar.

Nars zag het ook.

'Ik ga maar,' zei hij zacht. Hij liet zich van de kruk glijden, knoopte zijn jekker dicht en begon traag naar de deur te lopen. Dorien onttrok zich aan de armen van haar man en keek hem na.

'Nars,' riep ze, zonder precies te weten waarom ze hem terugriep. 'Wil je niet nog een bakje?'

Hij stond al bijna buiten. Op het geluid van haar stem draaide hij zich om. Zou ze…?

'Eh… nou ja… eigenlijk wel.'

Aarzelend kwam hij weer binnen, sloot de deur.

'Houdoe,' riep Harm hem toe en verdween met zijn mok koffie naar achteren.

'Wacht.' Dorien pakte de fles vieux van het schap en plempte een flinke scheut in de koffie van Nars. 'Man, je ziet groen. Drink maar lekker op. En nog es wat, hoeveel geld heb je die vuile afperser al gegeven?'

Nars verslikte zich bijna. 'Dat zeg ik liever niet,' zei hij schuchter. Hij voelde iets van hoop. Dorien had hem teruggeroepen. Misschien had ze zich bedacht, wilde ze hem toch wat lenen.

'Man, je zit op een hellend vlak. Die vuilak kleedt je helemaal uit. Zeg op, wat heeft-ie al van je gehad?'

Het had geen zin het voor zich te houden.

'Tweeduizend euro,' piepte hij benauwd.

'Wát? Tweeduizend euro?' Dorien spetterde van verontwaardiging. 'En nou wil hij nog meer?'

'M'n spaarrekening… het geld voor een nieuwe bungalowtent… Ik weet niet hoe ik het moet stoppen.' Nars wist niet wat erger was: het schelden van de Hongaar of het moeten verdragen van Doriens verontwaardiging.

'Je moet naar de politie gaan. Of je moet het aan Jenny vertellen. Dit wordt je ondergang, man.'

O goeie god, nou ging hij nog janken ook. Nars had zijn hoofd op zijn armen op de tap gelegd en snotterde het uit.

'Stomme trut,' schold Dorien zichzelf uit, 'waar bemoei je je ook mee.' Zat ze hier in alle vroegte met een griener. Hoe kreeg ze hem weg!

'Nounounou… stil nou maar… janken helpt niet. Ga naar Jenny en biecht het op. Dan ben je overal vanaf.'

Nars hief zijn hoofd op en veegde het snot met de achterkant van zijn hand van zijn bovenlip.

'D'r zit niks anders op,' zei hij zachtjes.

Hij wou dat hij dood was.

29

Het was Hudson die zich over Betsy's welzijn steeds meer zorgen maakte. Buiten haar om riep hij de familie bijeen om zijn bezorgdheid te ventileren.

'Het gaat niet goed met mamma,' opende hij het gesprek. 'Ze is heel zwak. En ze ziet rare dingen. Ik maak me grote zorgen. Ze zit daar alleen in het bos, ze is haar baantje kwijt. Het geld dat er binnenkomt is amper genoeg om van te leven, ze heeft geen reserves. Nee, we moeten toch maar eens met haar praten over een oplossing. Haar kennende zal ze wel tegensparrelen, maar ze moet door de zure appel heen bijten. Tenzij…' Hudson stopte zijn betoog en keek de kring rond. 'Tenzij ze bij een van ons in huis kan komen.'

Jan keek zuinig. Paula schudde heftig nee.

'Voor geen prijs,' zei ze fel, 'ik moet er niet aan denken iedere dag haar kritische blik te moeten doorstaan. Als ze nou niet zo'n frik was…'

'Ze is stronteigenwijs.' Jan zuchtte. 'Je bent voortdurend met haar in discussie. Dodelijk vermoeiend.'

Schoonzoon Henk was wat milder. 'Ik vind

haar lief. En grappig. Voor de kinderen zou het ook niet slecht zijn, hun grootmoeder bij de hand. Als rustpunt.'

Paula werd nu giftig. 'Rustpunt! Ha! Mijn moeder als rustpunt! Hoe kom je erbij! Mijn moeder… dat betekent conflict! Die legt zich nooit ergens bij neer, zo oud als ze is. Doe me een lol zeg, ik moet er echt niet aan denken die strijd iedere dag weer aan te gaan!'

Hudson schudde zijn hoofd. 'Ik hoor het al. Gek eigenlijk, dat wij als schoonzoons eigenlijk best wel bereid zijn haar bij ons in huis te halen. Maar haar eigen vlees en bloed… no way!'

Paula's mobiele telefoon ging. Ze zocht driftig in haar tas naar het ding, dat zich altijd leek te verstoppen. 'Wie kan mij nu op dit uur bellen,' mompelde ze, terwijl ze het gerinkel stopte.

'Ma!'

Paula gebaarde naar de anderen, legde een vinger op haar lippen en liep naar de andere kamer.

'Paula. Ik moet je dringend iets vragen. Het is erg persoonlijk.'

Haar moeders stem klonk geagiteerd, gejaagd. Paula werd overvallen door medelijden, waardoor haar toon zacht werd.

'Zeg het maar moesje. Wat is er aan de hand?'

'Paula, weet je nog toen je vader, toen Flip werd begraven? Die vrouw, die daar achteraf stond… ze gooide een roos in het graf. Weet jij wie dat was?'

Paula verstijfde. Jezus. Hoe was ze erachter gekomen?

'Eh… nee… ik zou het niet weten. Hoe kom je daar nou zo plotseling bij?'

'Ik kreeg beelden… ik zag Flip… hij omhelsde die vrouw… Het was heel echt… heel levendig… ze waren heel innig… O god Paula, had pa iets met een ander? Weet jij daar iets van?'

Vol afschuw dacht Paula aan de tijd dat ze zich had ingespannen die vrouw ervan te weerhouden zich bij haar moeder te melden. Uiteindelijk had ze de affaire gesust door deze Henriët wat spullen van haar vader te schenken, zich bewust van het feit dat haar moeders wereld zou instorten wanneer zij erachter zou komen dat haar trouwe Flip er nog een liefje op na had gehouden.

Welke idioot had haar na al die jaren op de hoogte gebracht van haar vaders dubbelleven? Henriët was twee jaar geleden overleden. Ze had de overlijdensadvertentie in de krant gelezen. Wat was er gebeurd?

'Voel jij je wel goed ma? Moeten we naar je toe komen?'

'Nee… neenee… ik voel me best. Alleen, ik heb een paar ervaringen… Ik zie dingen… ik moet dingen verifiëren, anders word ik stapelgek.'

'Ik kom morgenochtend even naar je toe. Even rustig praten. Denk je dat je kunt slapen? Heb je een pilletje?'

'Kind ik ben klaarwakker. Doe me een plezier

Paula. Houd niets voor me achter. En ik vind het heerlijk als je morgen komt. Blijf lunchen.'

'Ik kom. Maar wanneer je je vannacht niet goed voelt, bel me alsjeblieft. Ik kom meteen naar je toe.'

Ze hing op, liep terug naar de anderen.

'Je moeder,' zei Henk, 'had ze iets schokkends te vertellen?' Hij keek naar het onthutste gezicht van zijn vrouw.

'Nee... ik bedoel... ja, eigenlijk wel. Ze ziet beelden, zegt ze.'

'Wat heb ik je gezegd?' Hudson klonk bijna triomfantelijk.

'Het rare is: ze heeft iets ontdekt... je weet wel... van pa... Hudson weet dat niet, maar onze vader had een vriendin... jarenlang... Die was ook op zijn begrafenis...'

'Komt in de beste families voor.' Hudson was in Suriname wel wat gewend aan buitenechtelijke relaties.

'Het is duidelijk.' Henk klonk resoluut. 'Of ze nu wel of niet rare dingen ziet, we kunnen haar niet aan haar lot overlaten.'

'Laat mij morgen eerst met haar praten. Ik wil weten hoe ze hierachter is gekomen.'

'En ik ga morgen weer voor haar koken. Misschien vertelt ze mij iets meer.' Hudson gebruikte zijn culinaire gaven als ultiem middel om alle problemen op te lossen. 'Kom op schat,' – hij klopte Jan liefdevol op zijn schouder – 'we gaan ervandoor. Morgen is het weer vroeg dag. Laten we morgenavond even bellen.'

30

Zachtjes neuriënd liep Ferenc Gabor naar buiten, zorgvuldig sloot hij met het hangslot de deur van de caravan achter zich.

Hij voelde zich heerlijk. Kleur, zijn kleine, verschrompelde leven had weer kleur gekregen. Er was weer toekomst! Hij was zo geïnspireerd als in zijn vroegere jaren, voordat die ellendige Russen de boel voor hem hadden verpest. Ze hadden zijn dromen over zijn toekomst, die hij vol optimisme, vitaliteit en energie tegemoet zag, grondig naar de verdommenis geholpen.

Hij had zich uiteindelijk neergelegd bij de mislukkingen die hem achtervolgden en zijn eisen bijgesteld, zodat hij in staat was het eenvoudige leven in dit dorp vol te houden. De ogenblikken dat hij opstandig werd en woedend op het lot, dat hem hier had doen belanden, werden zeldzaam. 'Ik ben een slachtoffer van de dingesz… de geschiedenis!' riep hij wel eens in een dronken bui in het café. Maar als de mannen dan nieuwsgierig werden en van hem de verhalen wilden horen over zijn leven, hield hij zijn kiezen op elkaar.

Maar nu… wanneer die sukkel van een Schuurman kans zag hem nog een portie geld te bezorgen, had hij genoeg om van minstens vier liederen een eenvoudige demo te maken… Hij wist wel een studiootje van een zendamateur, die voor een bescheiden bedrag dat wat hij nu in zijn hoofd en hart droeg wilde opnemen. Hij moest alleen de accordeon van Gerrit lenen om zichzelf te begeleiden. En anders moest de studio er een voor hem huren.

'Lajlajlajlaj,' zong hij zachtjes, terwijl hij met vitale stappen richting dorp liep.

Ter hoogte van het kleine postagentschap, dat bij de fietsenmaker was ingekwartierd, liep hij Betsy Damiaan tegen het lijf.

'Goeiemorgen!' riep hij vrolijk, 'alles goed met u?'

Betsy zag hem. Bijna automatisch tilde ze haar hand op om de klusjesman te groeten. Maar plotseling verstijfde ze ter plekke. Ze stootte een raar geluid uit. Het leek op grommen. Haar hand bleef vreemd halverwege de groet in de lucht steken.

Ferenc hoorde het.

'Mevrouw Damiaan! Wat is er? Voelt u zich niet… dingesz… goed?'

Hij deed een stap in haar richting, maar toen deinsde hij geschrokken terug voor haar starende blik. Het leek of ze door hem heen keek.

Ze keek. Ze zag. Ze zag hem staan, in zijn hand bankbiljetten. Tegenover hem stond dat rare mannetje, de vroegere spoorwegwachter. Hij huilde. Toen stak Ferenc met een gemene lach het geld in zijn zak.

Het beeld verbleekte. Ze schudde haar hoofd, sloot even haar ogen.

'Mevrouw Damiaan…?' zei Ferenc zachtjes. Het liefst was hij hard weggelopen, maar beleefdheid hield hem tegen.

'Dag Gabor,' zei Betsy automatisch. Ze voelde zich uit het veld geslagen door de ellendige beelden waar ze zojuist mee was geconfronteerd. Haar hele leven stond op zijn kop door de zich voortdurend aan haar opdringende filmbeelden van haar eigen leven en dat van anderen. Dodelijk vermoeiend was het.

'Alles goed met u?'

Betsy knikte. Ze voelde zich een glazige aardappel, niet in staat naar behoren te functioneren. Koffie. Ze moest koffie hebben.

'Da-ag Gabor,' zei ze vlak en liep door, naar De Ploeg. Koffie. Dat zou haar goed doen. Ze liep onwennig de stoep van de kroeg op. Ze was in haar hele leven misschien twee keer daar binnen geweest. En was het niet te vroeg? Ze keek op haar horloge, kwart over tien.

Binnen zaten in de hoek twee oude boeren te kaarten. Verder was het leeg.

Ze ging aan het eerste het beste tafeltje zitten. Een van de boeren keek op en riep over zijn schouder naar achteren: 'Dorien! Klanten!'

De waardin kwam van achter aansloffen, keek verbaasd toen ze Betsy zag zitten.

'Goeiemorgen mevrouw Damiaan. Hoe gaat

het ermee? U was ziek, hoorde ik van uw schoonzoon.'

'Van Henk?' vroeg Betsy verbaasd. De wereld is
klein.

'Nee, van die leuke donkere jongen. Die drinkt
hier wel eens een borreltje als hij bij u is geweest.
Hij is toch getrouwd met Jan?'

En de wereld emancipeert, dacht Betsy. Gewoon, haar zoon die was getrouwd, met een donkere man nog wel. Doodnormaal.

'Het gaat wel weer. Ik had iets raars. Ik leefde in
een draaikolk, die niet meer stopte. Vertigo, zei de
dokter. Komt door oververmoeidheid. Heel raar.
Maar nu is het over. Goddank.'

Ze zei maar niet dat er iets heel vreemds voor in
de plaats was gekomen.

Dorien zette een cappuccino voor haar neer.
'Zou u vaker moeten doen, een kopje koffie bij me
drinken. U zit toch ook maar alleen thuis.'

Betsy dronk met kleine slokjes, bedacht dat ze
bij Dorien wel eens kon vissen naar de huilende
spoorwegwachter. In zo'n kroeg waren ze meestal uitstekend op de hoogte van wat er in het dorp
speelde.

'Nog eentje?' vroeg Dorien hartelijk.

'Nou, dat sla ik niet af. Je koffie is heel lekker.'

Dorien liep weg naar de koffiemachine. Toen
ze terugkwam stak Betsy van wal.

'Zeg Dorien, jij hoort hier nog wel eens wat.
Weet jij ook hoe het met dat mannetje gaat, je

weet wel, Tuinman heet hij geloof ik. Hij is toch een gepensioneerde spoorwegwachter?'

Stomverbaasd keek Dorien Betsy aan. Wat wist deze vrouw? Zij, Dorien, had toch haar mond gehouden?

'Eh…' zei ze, enigszins onzeker. 'Hoe bedoelt u?'

Hoe moest ze het formuleren… 'Heeft die man… die Tuinman… financiële problemen?'

'Dat mag je wel zeggen! Ik wil niet kwaadspreken maar hij heeft mij zelfs om hulp gevraagd.' Dorien flapte het eruit.

'Weet je ook… weet je misschien de aard van die problemen?'

Dorien besloot het maar te vertellen. Waarom ook niet?

'Hij wordt afgeperst,' zei ze treurig.

'Afgeperst?'

Nu begreep Betsy dat de beelden een smerige waarheid hadden verteld. Maar ze besloot heel voorzichtig te zijn, verder niets los te laten.

'Goeie god, wat afschuwelijk.'

'Hoe weet u dat, mevrouw Damiaan?' Dorien moest weten wie er had gekletst.

Dat was een heikel punt. Betsy wilde niet voor een verwarde geest doorgaan. Ze was niet van plan van haar momenten van helderziendheid te vertellen. Voor je het wist was je de dorpsgek.

'Dat zeg ik liever niet. Als je het niet erg vindt houd ik dat voor me.'

'Wordt erover gepraat in het dorp?'

'Niet dat ik weet.' Betsy liet niets meer los, zodat Dorien voor een raadsel stond.

Betsy stond op. 'Dank je wel voor de koffie. Ik kom beslist nog eens langs.'

Ze haalde haar portemonnee tevoorschijn. 'Wat krijg je van me?'

'Van het huis,' zei Dorien royaal. 'Maar dan moet u echt eens wat vaker komen.'

'Dank je wel. Tot ziens dan maar.'

Dorien keek haar na.

Toch vreemd. Hoe wist Betsy Damiaan van de problemen van Nars?

31

Naarmate Betsy zich fysiek weer sterker ging voelen was ze beter in staat na te denken over haar toekomst. Of wat ervan over was.

In de eerste plaats moest ze het beeld dat zij koesterde van haar voorbije huwelijk, haar gelukkige huwelijk, flink bijstellen.

Paula was de dag na haar panische telefoontje naar haar toe gekomen. Ze was niet van plan geweest haar moeder op de hoogte te stellen van de clandestiene relatie van haar vader met ene Henriët. Maar Betsy had haar kalm en waardig verteld over wat zij met eigen ogen had waargenomen.

'Ik zag het helder en duidelijk, als een scherpe foto. Die vrouw die daar aan de rand van het graf stond... Ze gooide een roos op de kist. Ik denk dat ik de herinnering heb verdrongen. Ik was toen toch te verdrietig om mij dingen af te vragen.'

Na haar moeders overtuigend relaas leek het Paula beter dan ook maar met de waarheid voor de dag te komen. En ze was verbaasd dat Betsy zo rustig reageerde, zeker na dat eerste telefoontje.

'Ik vind je dapper,' prees zij haar. 'En je moet niet vergeten dat papa vreselijk veel van je hield.

Dat weet ik zeker.'

Hoe zij aan die zekerheid kwam was haar zelf ook niet helemaal duidelijk. Het waren woorden ter geruststelling. Haar moeder moest op haar ouwe dag niet geconfronteerd worden met ouwe koeien.

Hudson had de avond na het familieberaad een slapeloze nacht gehad. Hij wilde Jan ervan overtuigen dat ze Betsy bij zich in huis moesten nemen. Dat was hem tegen het ochtendgloren gelukt! Daarna waren ze vredig in elkaars armen ingeslapen, nadat Hudson op het hoofd van zijn eigen dooie moeder had beloofd dat hij Jan nooit, maar dan ook nooit zou belazeren.

Zo was iedereen bezig zichzelf en de anderen gerust te stellen. En nadat Hudson heerlijk voor Betsy had gekookt, raapstelenstamppot met speklapjes, en geflambeerde flensjes toe, kreeg hij de indruk dat ze helemaal niet zo blij was met het bekendmaken van het besluit van Jan en hemzelf.

'Lieve Hudson, ik waardeer het dat jullie proberen mijn zorgen te verlichten. Maar lieve jongen, ik ben bezig iets uit te werken, iets waarmee ik weer een nieuwe toekomst voor mijzelf kan verwerven. Nee...' Ze gaf Hudson geen kans zich tegen haar nieuwe toekomstplannen te verzetten. '...geef me nog even de tijd. Zodra ik alles voor elkaar heb laat ik het jullie weten.'

Hiermee moest Hudson genoegen nemen, zo-

dat hij zich dan maar troostte met haar complimenten over het heerlijke eten dat hij voor haar
had gekookt. Half gerustgesteld kuste hij zijn
schoonmoeder bij het weggaan: 'Beloof je me dat
je ogenblikkelijk belt als we iets voor je kunnen
betekenen?'

Ze beloofde het. En toen ze de buitendeur achter hem op slot had gedraaid (nooit meer die verdomde haken erop) ging ze lekker op de bank liggen met het boek dat ze uit de oude hutkoffer van
haar vader had gevist: SUPERNORMALE VERMO-
GENS, door W.H.C. Tenhaeff, uitgegeven in de
Occulte Bibliotheek in 1922.

Vol instemming las ze het citaat van ene sir
John Herschell dat aan het voorwoord van Tenhaeff voorafging:

'ALVORENS PROEFNEMINGEN MET
SUCCES KUNNEN WORDEN GENOMEN
IS EEN VOORBEREIDENDE STAP, GE-
HEEL EN AL VAN ONS ZELVEN AFHAN-
KELIJK, NODIG; HET IS DE VOLKOMEN
BEVRIJDING EN ONTLASTING VAN AL-
LE VOOROORDEEL DES GEESTES, EN
HET VASTE BESLUIT TE STAAN OF TE
VALLEN MET DE UITSLAG VAN HET DI-
RECT BEROEP OP FEITEN IN DE EERSTE
PLAATS, EN VAN DE DAARUIT VOL-
GENS DE STRIKTE LOGICA AFGELEIDE
STELLINGEN IN DE TWEEDE PLAATS.'

"'De volkomen bevrijding en ontlasting van alle vooroordeel des geestes, en het vaste besluit te staan of te vallen met de uitslag van het direct beroep op feiten in de eerste plaats, en van de daaruit volgens de strikte logica afgeleide stellingen in de tweede plaats,'" herhaalde Betsy. "'De volkomen bevrijding en ontlasting van alle vooroordeel des geestes…'"

Ze had het gevoel dat wat haar op dit moment in haar leven overkwam zou leiden tot het achterhalen van de uiterste waarheid over zichzelf. En wanneer ze zich in volledige integriteit zou overgeven aan haar zojuist ontdekte gave, de gave van het heldere zien, dan mocht ze er ook een broodwinning uit genereren. Waardoor de neerwaartse spiraal waarin ze zich tot nu bevond zou worden gestopt.

Ze ging rechtop zitten. Ze zou zich verdiepen in de materie, erover lezen wat ze maar te pakken kon krijgen.

Toen ze dit had uitgedacht, doemde uit de donkere kamer van haar geest weer een beeld op. Eerst in negatief en vervolgens helder en duidelijk. Ze zag zichzelf zitten, achter een tafel. Tegenover haar zat een vrouwengestalte met uitgestrekte handen.

Maar voor het zover was, moest er eerst nog iets worden rechtgezet.

32

De caravan van Ferenc Gabor stond bol van luide muziek. Boven het geluid van een accordeon uit klonk Ferencs stem. Woeste driekwartsmaat, bijna dwingend tot dansen.

Mert minden felcserélhetö
A cimzett is lehet levél
A sír alá jöhet tetö
S mehet az égre szemfedél…

Betsy luisterde aandachtig. God mocht weten wat die woorden betekenden, maar er dreunde zoveel vitale vrolijkheid naar buiten dat ze bijna op de maat van de muziek meedeinde.

Ze was in alle vroegte opgestaan om haar plan uit te voeren. Het had 's nachts gevroren. Het gras onder haar voeten kraakte, en haar adem kwam in wolken naar buiten toen ze door de wei het pad op liep dat naar de caravan voerde. Ze liep bedachtzaam, wilde niet dat hij haar voetstappen hoorde. Hij moest schrikken, zich overvallen voelen wanneer zij aan zijn deur zou kloppen.

Toen ze vlak bij de caravan was barstte plotseling de muziek los, ze stond stil. Ze moest wachten tot hij stopte met zingen voor ze kon aankloppen. En door die onderbreking bij het uitvoeren van haar oorspronkelijk plan Gabor te verrassen had ze tijd zich af te vragen waarom een man die zo kon musiceren zich bezighield met afpersing.

Het zingen hield op. De accordeon parafraseerde nog een paar maten en stopte ook.

Betsy haalde diep adem. Nu moest het gebeuren.

Ze stapte naar voren en bonkte met haar gehandschoende hand op de deur van de caravan. Ze hoorde binnen gestommel. Ze bonkte nog een keer.

'Verdamd!' hoorde ze hem vloeken. Toen ging de deur open.

'Wat?'

Ferencs mond zakte open toen hij zag wie hem op dit uur lastigviel.

'Mevrouw Damiaan! Wat is de… eh… de dingesz?'

De muziek had haar woede doen kalmeren. Maar nu hervond Betsy haar kwaadheid.

'Gabor! Ik kom het geld terughalen!'

'Wa-at?'

'Het geld! Het geld van Nars Schuurman! Dat jij hem hebt afgeperst! Dat geld moet terug. Anders ga ik naar de politie. Dus kom maar vlug op met dat geld.'

Betsy voelde haar kracht groeien. Hoe aantrekkelijk zijn muziek ook had geklonken, het was en bleef een gemene vent. Hier moest gestraft.

Ferenc was ten prooi aan opperste verbazing. Wie had dit mens op de hoogte gebracht? Had die lafbek, die Schuurman, gekletst? Was zijn vrouw ergens achter gekomen?

'Mevrouw Damiaan… ik zweer… ik niet weten… de dingesz…'

'Jaja. Juist. De dingesz. Kom jij maar snel met de dingesz over de brug, dan wil ik mijn mond wel houden. Want anders…' – haar stem kreeg dreiging – 'anders maak ik je kapot. Met pek en veren zal je dit dorp moeten verlaten! Dus vlug een beetje!'

Ferenc kwam weer bij zijn positieven. Dat mens was stapelgek. Nu het erop ging lijken dat hij met dat geld zijn levenslange droom zou kunnen verwezenlijken moest dat wijf de boel niet gaan verpesten.

'Ik weet van niks… de geld… waar hebt u het over… ik heb geen geld!'

'Jawel. Ik heb het gezien. Hij gaf jou het geld. Ik weet dat jij die arme man hebt afgeperst. Smeerlap!'

Ferenc voelde drift opkomen. Ze kón niks gezien hebben. De overdracht had altijd achter gesloten deuren plaatsgevonden. Dat wijf… ze moest niet denken dat zij zijn leven, dat op zijn ouwe dag net weer een beetje toekomst kreeg, met haar kletsverhaal kon versjteren.

'Kom op met dat geld. Ik ga het hem terugge-ven!'

Jaja. Dat had ze gedacht.

Met een behendige greep achter zich pakte hij de koekenpan van de muur, bukte zich naar voren en sloeg Betsy hard op haar kop. Zij uitte een lange zucht en zeeg ineen.

Ferenc zocht kalmpjes zijn spullen bij elkaar, propte ze in een rugzak, hing de accordeon aan zijn schouders en stapte uit de caravan, over de in de weg liggende benen heen.

'Zo vrouw... zullen wij nog eens zien wie de dingesz... bekijk het maar!'

Op dat ogenblik kwam Betsy weer bij haar positieven en zag Ferenc voor zich uit het pad aflopen. Ze ging rechtop zitten, schudde haar hoofd, krabbelde overeind en zette, ondanks de scheurende hoofdpijn, de jacht op Ferenc in. Hij had haar niet in de gaten; hij was ervan overtuigd dat hij haar had uitgeschakeld.

Ze begon te lopen, eerst een beetje wankel maar steeds zekerder. Ze voelde met haar hand aan haar hoofd, waar een enorme bult groeide. Maar dat weerhield haar er niet van om de achtervolging voort te zetten. Hoor nou... die ellendeling liep ook nog te zingen!

In het halfdonker van de ontwakende winterdag liep Gabor met zekere stappen zijn doel tegemoet. Weg uit dit dorp, dat hem jarenlang onderdak had geboden, hem had laten overleven op de smalle richel van halve baantjes en halve tolerantie. Ze kenden hem, dachten ze. Maar wat wisten ze van zijn dromen? Ja, in de kroeg, daar mocht hij zingen, als ze allemaal dronken waren. Prachtig vonden ze het, lekker meelallen met het refrein.

Maar nu liet hij dat hele bekrompen rotdorp achter zich.

Voorgoed.

33

Half vallend en struikelend probeerde Betsy Gabor in haar blikveld te houden, vastbesloten hem zijn gerechte straf niet te laten ontlopen. Waaruit die gerechte straf zou moeten bestaan, daar had ze op dit ogenblik geen zicht op. Haar gevoel voor rechtvaardigheid maakte een geweldige stroom adrenaline in haar los, die haar ondanks de brandende buil op haar hoofd voortjoeg, achter het kwaad aan. Had ze maar een fiets…

In het nog donkere dorp was geen mens op straat. Betsy keek rond. Daar… daar stond een herenfiets tegen een boom. Als die nou maar niet op slot stond.

Nee! God was met haar.

Met ongekende lenigheid sloeg ze haar been over de stang en stapte op. Waar was Gabor?

Daar liep hij, aan het eind van de winkelstraat. Hij had niks in de gaten, sloeg de hoek om, op weg naar de spoorbomen voor het station.

Verbeten trappend op de iets te grote fiets volgde Betsy haar prooi. Al haar woede over het onrecht in het algemeen en dit onrecht in het bijzonder maakte haar tot een furie! Verdomme, verdomme, hij zou haar niet ontsnappen!

Hij liep nu recht voor haar. De lichten bij de spoorbomen knipperden rood. Op het moment dat de bomen sloten keek Ferenc om, recht in Betsy's gezicht. Ze hoorde de trein naderen.

'Vuile afperser! Hier met dat geld!' schreeuwde ze.

Hij schrok van haar. Ze was bijna naast hem, probeerde onhandig af te stappen. De stang zat in de weg. Maar dat wachtte hij niet af.

Hij bukte onder de bomen door op het moment dat de sneltrein van zes uur aanstormde. Verstijfd van schrik zag Betsy het gebeuren.

Ze sloot haar ogen. Doodstil stond ze daar, wachtend tot de intercity voorbij was. Haar woede was weg, haar hoofd brandde.

Zonder te kijken draaide ze zich langzaam om, fiets aan de hand. Als een zombie liep ze de weg terug naar de boom waar ze de fiets had gevonden en zette hem terug.

Sloffend sjokte ze naar huis, waar ze zich uitkleedde en rillend in bed kroop, met een geschokt en overslaand hart wachtend op de gruwelijke beelden.

Maar er kwam niets.

Toen ze bijna in slaap viel trok het beeld op.

Nee, geen verminkt lichaam op de rails. Geen ambulance. Geen politiewagens. Geen begrafenis. Niets van dat alles.

Ze zag zichzelf in een winkel staan. Een winkel vol rare, occulte symbolische objecten.

De vrouw achter de toonbank reikte haar iets aan.

Een glazen bol.

34

BETSY DAMIAAN, CLAIRVOYANTE stond er op
een sjiek zwart bord met gouden letters, bevestigd
naast de voordeur.

Een van haar beste klanten was de politie. Betsy bracht licht in vele duistere zaken. Er waren
nooit missers. Haar reputatie groeide gelijk met
haar bankrekening. Van heinde en verre werd
haar advies gevraagd. Zelfs uit het buitenland
kwamen mensen om raad en hulp vragen.

Haar kinderen waren opgehouden met het uit-
zetten van plannen voor een toekomst in aanleunwoningen of gezellig bij hen thuis. Nu hun moeder door deze merkwaardige speling van het lot in
staat bleek geheel zelfstandig haar financiën op
riante wijze te regelen, kalmeerden ze en genoten
van de etentjes en uitstapjes naar de wintersport
en zonnige zomereilanden waarop Betsy hen geregeld trakteerde.

Op een dag had ze een afspraak met ene meneer Pruim. Ir. Bertus K. Pruim... waar had ze die
naam eerder gehoord...

Toen hij tegenover haar zat, wist ze het weer.
Het was haar medereiziger in de Thalys toen ze
vorige zomer terugkwam uit La Baule.

'Ik heb geen speciale vraag,' zei de man, 'maar ik las dat interview met u in *Vrij Nederland* en ik vond het leuk u nog eens te ontmoeten. Uw secretaresse vond gelukkig nog een moment waarop u mij kon ontvangen. Ik heb een cadeautje voor u meegebracht.'

Nieuwsgierig keek Betsy hoe Bertus K. Pruim uit een grote plastic zak een in vloeipapier verpakt rond voorwerp tevoorschijn toverde. Hij zette het op het bureau vóór haar neer.

'Maakt u het maar open!'

Ze ontdeed het voorwerp van de lagen verpakking. Haar mond zakte open van verrukte verbazing: 'Een glazen bol!'

'Ja-a,' zei Bertus K., 'toen ik uw verhaal had gelezen dacht ik: ik ga haar dit brengen. Ik handel namelijk in glazen voorwerpen. Waaronder glazen bollen! En mag ik u uitnodigen voor een gezellig etentje vanavond?'

Toen ze zich verkleedde voor het uitstapje ging de telefoon. Het was Fien.

'Betsy. Je gaat toch weer mee naar Bretagne? Ik moet nu al bespreken. En je bent weer uitgenodigd.'

'Lieve Fien, wordt het na al die jaren te hebben genoten van jouw gastvrijheid niet eens tijd dat ik jou uitnodig?'

'Nee kind. Dit is een traditie. En tradities moet je volhouden tot je laatste snik!'

Aan tafel tegenover Bertus K. vertelde Betsy wat zich in het afgelopen jaar allemaal in haar leven had afgespeeld. Bertus K. hing aan haar lippen.

'Vertigo. Hoe een ziekte je hele leven kan veranderen,' zei hij, vol bewondering naar zijn tafeldame kijkend. 'En hoe is het nou met die arme man, die spoorwegwachter, afgelopen? Heeft zijn vrouw hem vergeven?'

'Ze heeft alle roddelverhalen over zijn scheve schaats nooit geloofd. Ze is hem gewoon blijven vertroetelen en verwennen, haar Nars. Zij heeft het geloof behouden!' zei Betsy, denkend aan hoe zij haar geloof in de liefde was verloren. Ze praatte nu wel zo bagatelliserend over Jenny, maar ze vermeed het zelf na te denken over de pijnlijke beelden die tot haar waren gekomen...

Toen Bertus K. haar door het bos naar huis reed en ze naar *Met het oog op morgen* luisterden, hoorde Betsy plotseling bekende muziek.

'Stil eens', zei ze en boog zich voorover naar de luidspreker, waaruit een vurige Hongaarse wals klonk:

Mert minden felcserélhető
A cimzett is lehet levél
A sír alá jöhet tetö
S mehet az égre szemfedél.

zong de knoestige stem van een oude Hongaar.

'Versta jij die taal?' vroeg Bertus K.

'Nee… maar ik ken de muziek.'

De omroeper kondigde het lied af: 'U luisterde naar de nieuwste nummer 1 van de tipparade: "Arégie hárfa" ofwel "Mijn oude hart", gecomponeerd en gezongen door Ferenc Gabor.'

'Godzijgedankt,' zei Betsy. 'Hij leeft!'

Van Marjan Berk verschenen eerder:

Het bezuinigingskookboek (met Jeroen Krabbé)
Liefde en haat
De dag dat de mayonaise mislukte
De feminist
Een blonde rat
De zelfvergrootster
Rook in de ribben
Recital
Lellen en flantuten
De kracht van liefde of Hallo, daar ben ik weer!
Glinsteringen
Oud is in
Motormama
Dames van stand
Koken met kraaiepoten
Koninginnedag
Nooit meer slank
Traangas
Het eenvoudige kookboek (met Jeroen Krabbé)
Een mooi leesboek
Op grote voet
Gezonde lucht
Niks gemist
Onder het oppervlak
Marjan Berk's oma en opa boek
De dikke Berk
Als de dood
Nooit meer slank. Nu iets dikker

Niet meer bang voor spinnen
Toen de wereld jong was
De dikke Berk 2
Memoires van een dame uit de goot van het amuse-
ment
De dikke Berk 3
Naar het Zuiden!
Het bloed kruipt
Te laat voor de lobelia's
Zout

en de kinderboeken:

Berend's binnenwereld
Mevrouw van Soest en het kleine volkje
Gijs
Geesje Zoet en het snoepspook
Geesje Zoet en de tovertimmerkist
Geesje Zoet en de verdwenen prinses
Tijger in de tuin